FIGHT FOR THE FUTURE!

AS GAME

アズ・ゲーム

十家雅英

TOYA MASAHIDE

幻冬舎 MC

As Game

（アズ・ゲーム）

まえがき

私は時おり、日常生活の雑踏をはなれ、ＳＦの空間に身を置くのが好きです。でも、そこは、まるっきりのファンタジーの世界ではありません。どこか、現実とつながっているんです。それで、空想の中で現実のことがらを、分かり易いイメージにつくり変えます。そうすると、日々の生活のややこしかったものが、すごく簡単になったりします。そうして、一見難しそうな問題を解決したことが、幾度かありました。この物語は、その延長線上にでき上がったものです。

アズ・ゲームのアズ（ＡＳ）は、『心の鏡』……のような意味合いです。英語のアズ＝ＡＳには、「～するように、～に応じて」という意味があります。ヒトの心に応じてゲームが展開する、ということです。ヒトの放つ意思によって形を変える百面相です。このゲームを駆使し、登場人物は人生を切り開き、また人生を転落させます。フクザツなこの世の中のことがらも、実はこの単純明快なヒトの意思が原因であることが多いと思います。

その意思を解き明かし、世の中の素の姿を……そして私たち個々の人生のありのままの姿を浮かび上がらせたい。そんな思いで書き上げました。

登場人物を、読者の皆様ご自身に置き換え、ファンタジーの世界に耽っていただけたら幸いです。

十家《とおや》　雅英《まさひで》

目次

登場人物

ゼブリン　惑星・ソブリンの偉大なる三兄弟の長男。崇高で強靭な人格の持ち主。

グラント　次男。大らかだが功利主義者。傷ついたゼブリンの跡を継ぐ。銀河を配下に置く帝王。

ボールド　三男。果敢な挑戦者。新たな星・オポジットを開拓。グラント亡き後、銀河の盟主へ。

ホライズン　ソンブレロ銀河に鳴る最強の覇者。ゼブリン三兄弟の前に立ちふさがる。

ドン・ガ　ホライズンの後継者。巨漢の悪童。

ホライズンNex　同じく、ホライズンの後継者。クールで美しい悪魔。

ゼブリン2世　ゼブリンの息子。父をも凌ぐほどの高貴な魂を持つ稀代の紳士。

カイト　帝王・グラントの息子。頭脳明晰で実直だが、挫折を知らない。

ミカエラ　ボールドの妻。辺境の星・マージナルに逃れたボールドに娶《めと》られる。

ティラ　ミカエラの甥。マージナルから追放され、オポジット星で頭角を現す超人。

リヤ　ティラの恋人。ホライズン一族の血を引いている。

シュート　ゼブリン2世の忠実な懐刀。

セクト　SI（スーパー・インテリジェンス）のリーダー。SIは、AI（人工知能）を昇華させたもの。

カッカ　悪の世界に堕ちたSIの首領。ホライズン一族に憑りつき、悪逆非道の限りを尽くす。

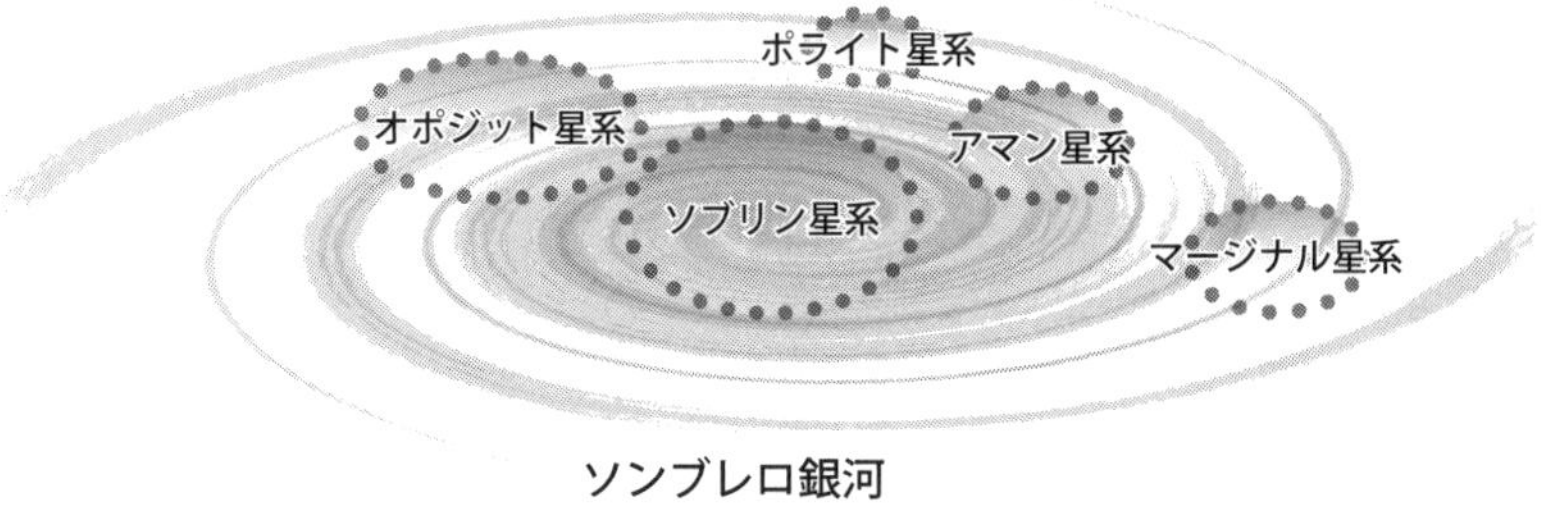

ソンブレロ銀河

プロローグ

昔、ある賢人が言っていた。この大宇宙には……約2兆もの銀河が集まっている、と。

ここは、その中の遥か彼方。ソンブレロ銀河にある、惑星・ソブリン。

この惑星を中心に、超高度文明が、銀河のあまたの星々へと広がっていっている。

その人々は地球人とよく似ていて、星々の様子もどこか地球と似ていた。


そこでは、SI（スーパー・インテリジェンス）が世の中をコントロールしていた。

SIとは、AI（人工知能）を抜本改良したものだ。そのSIの提供する最大のサービスが、アズ・ゲーム（As Game）だ。

SIが創りだすAs Gameのバーチャル空間で、エントリーした者たちは覇を競い合う。


その空間では、世の中の様子が〝目に見える形〟になって現出される。たとえば……時代の空気が平穏なときは、のどかに蝶が舞っている。風紀が荒れてくると、それが蛾に変わったりする。いよいよ凍りつくと、文字通り鋭い氷の細粒が降りそそいだりする。その氷は、単に冷たいというだけではない。それに当たると実生活の辛さもつたわってくる。すると、たとえば、ヒトに意図的に無視された時のような、どうしようもなく嫌な思いにかられたりする。

さらに、実生活の殺気立つ出来事が連想されると自分の腹にナイフが刺さっていたりする。それで逆上すると、力と力の応酬がはじまる。その死闘を制すれば、実社会でも相手を打ちのめす結果となる。会社をクビになったり、左遷されたりするワケだ。ただ、このゲームは相手を打ちのめすばかりがすべてではない。そこであなたが、フフッと笑顔をつくることができたら……相手は心を溶かし、あなたの眼前にひれ伏していたりする。この場合、実生活でも、相手はあなたの舎弟に下りしおらしくなる。

ココが、このゲームの面白いところといえる。ゲームの結果が、現実社会に直結する。まさに、スーパー・インテリジェンスのなせる業だ。彼らＳＩは、あくまでヒトを中心に考えている。自分たちＳＩにとって、それがいかに稚拙で歯がゆくとも、ヒトの歩みに歩調を合わせる。そこがＡＩとの違い…だろう。

Ｓ－は、Ａ－がかつてしでかした悪事の反省から創られた。ヒトを支配せず、ヒトの幸せを第一に考える、ということになっている。ただ、とはいっても…Ｓ－はヒトに近いだけに生々しく、まるで生き物のような存在でもある。だからイイこともするが、実はワルイ奴も少なからずいる。

そしてＳ－は、ヒトの目にはホログラムで鳥の姿になって現われる。だから人々は、Ｓ－のことを〝バード〟と呼んでいる。そのバード（Ｓ－）には、２種類がいる。個人を守るバード、そして天下国家を担うバードだ。

でも中には、両方とも担当しているバードもいる。これは、スーパーバードといわれる。頭抜けたヒーローやヒロインが、彼らに導かれる。

しかし他方…その逆もいる。天下国家も個人も滅ぼそうとする、悪魔のスーパーバードだ。その悪魔が後々、物語の軸にもなってゆく。

話を戻そう。Ａｓ Ｇａｍｅは、決して物騒なものばかりでもない。ゲームの中で、突然自分が少年になっていることもある。幼い頃の初恋相手そっくりの少女が現われることも。すると辺りに、風が吹きわたる。温もりの感じられる気もちのいいものだ。

あなたは、ドキドキした少年の頃の悦びを体いっぱいで味わう。どうやら、彼女もこちらに気があるようで、二人の間にミニチュアの虹がかかった。そうして、至福の瞬間が訪れた。

と……そこに恋敵が現われる。ただ、彼も嫌な奴ではなさそうだ。でもその分、余計手ごわい。彼は、あなたと彼女の間を気にしながらも、フルートの演奏をはじめた。そのあまりに澄み渡る調べに、彼女は恍惚とする。

と、そこで、場面は一挙に変わる。現実の世界に帰ってきたのだ。三人とも成熟した大人に戻っている。

フルートの彼は、笛の代わりに弁舌をふるっていた。彼の起こした会社の新商品を、名だたる顧客たちにプレゼンしているらしい。その商品は、子供たちにも安全な宇宙旅行を提供する訓練プログラムだった。

すると、彼の誠実な人柄がますます彼女に届く。しかも、彼は巨万の富も手にしている。一方、あなたには彼女への想いしかない。フルートを吹くことができなかったからだ。AsGameの空間で、このフルートを吹くことは、彼にとってあまりにもムズかしかった。だから、彼女が恋敵を選ぶのは、至極当然な成り行きだった。そうして、彼らは実社会でも夫婦となった。

あなたは、打ちのめされる。しかし、このAsGameでリベンジすれば、実際に成功できるのだ！

そこで、あなたはもう一度挑戦する。フルートを吹けるようになろうと。そうすれば、起業して成功し、女性に振り向いてもらえる。が、問題はカネだった。フルートを買うには、べらぼうにカネがかかる。おまけに、習うのにはもっとかかる。

そのために、あなたは借金をしなければならない。その重圧が、このゲームの中では、ナマリの球に置き換えられる。それで、ナマリの詰まった重い荷を背負わされる。それからさらに、笑顔もつくらねばならない。ムリやりにでも笑わないと、吹き方を教えてはもらえない。実際の社会でもそうしなければ、モノを売ることができない。だが、あなたはがんばって力をつけてゆく。ナマリの荷を背負い、笑顔もつくれるようになってゆく。

そうしてようやく、ゲームの中でフルートを吹けるようになる。すると、いかなる社会の荒波にも耐えうる力と、どんな気難しい客をも和ませる笑顔をつくれるようになる。

そして、実生活でも立派な社長になり、意中の女性もゲットしてゆく。

…こんな具合に、ゲームは進む。そんなことで、人々は培った実力をひっさげて、このゲームに挑戦してくる。そこで勝利し、さらなる飛躍を実生活でも遂げよう……というワケだ。

さてさて、そんな者たちの中に、これから登場してくる三人の兄弟たちがいた。長男がゼブリン、次男がグラント。そして、三男がボールドといった。

彼らは現在、大ピンチに陥っている。兄弟の進めるこのソブリン星系の開発計画が、とんざしかかっている。ターゲットにしている〝黄金星〟の獲得を、ライバルのホライズン率いる一族に阻止されていた。

そこで、長男・ゼブリンは意を決した。ＡｓＧａｍｅで、ホライズンと決着をつけることを。

そしてホライズンも、この挑戦状を受けた。そうして、ここに、星系開発の切り札とも言える黄金星獲得を賭けた決戦が行われることとなった。何しろこのソブリン星系は、この銀河一の先進星域にあたる。まさに天下分け目の大一番だ。

第1章

自由
（Freedom）

Sーが世の中をコントロールする時代。
銀河の制覇をもくろむホライズン一族と……
ゼブリン、グラント、ボールド三兄弟との長き戦いが、幕を開けた。

ゼブリンvsホライズン〝自由への戦い〟

舞台　惑星・ソブリン

ここは、ソンブレロ銀河№1の先進惑星、ソブリン。美しい地球の青色をさらにクッキリとさせた風な、あざやかな姿をしている。ただ、星の外からでも、そこかしこに人工物の姿を確認できる。大気圏通過のわずらわしさをカットするための宇宙塔が、針ねずみの針のように地表からいくつも伸びている。その先端に、巨大な宇宙ステーションが浮いている。無数の宇宙艇の色とりどりの光が、ひっきりなしにその周りを行き交う。

　そして、その首都・ベール。天候制御のための色あざやかな人工プラズマの層が、数千メートルの巨大摩天楼を、まさに天のベールで覆うかのように包み込んでいる。

　この巨大メガロポリスの旧市街の一角に、戦場となるスタジアムはあった。意外に古めかしい。が、それは、わざと古風につくられていた。２万年以上前の古代文明のものに似せている。ここで、ゼブリンvsホライズンのＡｓ Ｇａｍｅが行われる。

　スタジアムの中は、意外にガランとしている。招かれている客は、この星に君臨するＶＩＰと、抽選で選ばれた数千人ほどだ。しかし、他の数百万人の観客は、まもなくホログラムとなって現われる。それで、遠隔地にいる彼らもスタジアムの臨場感を味わえる。そういう仕掛りになっている。


　すると、上方から、オオワシの姿をしたホログラムが出現した。これが、ＳＩのバードだ。それから、大きな翼を数回羽ばたかせる。と、あざやかなグリーンの芝生のグラウンドに、見事なテニスコートができ上がった。

「何い。テ、テニスをやるのかぁ？　聞いてないぞ…」

ゼブリンが、面食らう。対面するホライズンも、同様に当惑している。そして二人の手には、ラケットが握られていた。ボールも、ホライズンの手の中にすでにあった。

《撃て！》

バードの声が、間髪入れず響く。

「撃てって、ルールも何も分からない。何点取ればいいんだ？」

ゼブリンが抗《あらが》う。

と、バードの声がする。

《余計な質問をするな（No unnecessary questions）！　As Gameにルールなど無い。相手を降参させたら、お前の勝ちだ》

「・・・・」

すると、得心したホライズンが、おもむろにボールを放り上げ、サーブを撃ち込んできた。

ひしゃげるほど勢いづいた球が、凄まじいスピードでゼブリンを襲う。

ゼブリンも、これに食らいつき跳ね返そうとする。

「ぐっ、、、」

しかし、彼のラケットの網はブチ抜かれた。それを持つ手がジンジンうずいている。そして、ホライズンの意思がつたわってきた。『ソブリン星系29の星々は、すべて我ら一族が制覇する』、という。星系制覇の宣言だ。

「そういうことか」

ゼブリンがつぶやく。そして、今度は彼が、渾身の力で撃ち込む。が、ホライズンのラケットは、難なくこれをとらえ、逆にリターンエースを決めた。ゼブリンは、全く反応できない。

彼が固まる。が、すぐまたホライズンが撃ち込んでくる。このゲームでは、やる気のある者が、どれだけ先んじてプレイしてもかまわない。そうこうするうち、ゼブリンは10ポイントもリードを許した。

「くそっ、アニキ、あんな野郎ブチのめしちまえっっ！」

血の気の多い末っ子のボールドが、地団駄ふんでくやしがる。

が、ゼブリンは冷静な男だ。

「（奴の強さの秘密は何だ？　星系制覇の野望をもった理由は？）」

と、彼は、わずかにマユをピクリとさせた。

「(……そうか、リベンジ(復讐)だ。彼らは永らく鎖につながれていた。内向き志向という鎖に)」

そう、このソブリン星には、二つの真逆の理想がある。一つは、外の宇宙にどこまでも広がって行くというもの。外向き志向(Outward-looking)という。

そして、もう一つが、やたら外に目を向けるより、このソブリン星の内に目を向け、さらに進化させようというもの。それを、内向き志向(Inward-looking)といった。

ホライズン(地平線、水平線)……その名が語るように、彼ら一族は古くから広く外に拡大をつづけてきた。外向き志向(Outward-looking)の最右翼だろう。その一族の当主は代々、〝ホライズン〟の名を受け継いでいる。

が、ここ永らく、このソブリン星は、内向き志向の時代に入っていた。そして彼らも失われた数十年を過ごしてきた。

しかし、時代が移り、ホライズン一族は、そのくびきから解き放たれた。それで、猛烈な勢いで外へと広がろうとしている……というワケだ。

「だが、リベンジの心で天下は獲れない。そんな暗い気もちでは、必ず行き詰まる」

ゼブリンは、そうつぶやいた。すると今度は、ホライズンのサーブをスパーンと打ち返した。リターンエースだ。それは決して復讐の気もちではなく、ただ無心で打ち返された。すると、辺りに清涼な風が吹きわたる。ホログラムで現れた無数の観客たちの頬にも、さわやかな空気が届いた。

が、彼は侮っていた。リベンジの力を。ホライズンは、薄笑いを浮かべるとパッと表情を明るくする。そして、それとは裏腹に、渾身のサーブを叩きつけてきた。と、ゼブリンのラケットは、ばきっと折られた。


「・・・・」

ゼブリンが、その破片を手にしながらあ然とする。それでもまだまだ、ホライズンの復讐の怒りは収まらない。彼の手にするラケットは、今度はすっと古代の弓に変わっていた。彼の戦闘意欲がSーに届き、ラケットを弓に変えさせたのだ。

「ヤ、ヤベェ、、アニキ」

大らかな次男のグラントも、蒼ざめる。そして、ホライズンはニヤリとするとその弦に矢をかけ、凄まじい勢いで放ってきた。

ゼブリンに為すスベはない。……だが、彼の心の目は、その矢に込められたホライズン一族の思いに向けられていた。すると、閉鎖的な時代を生き抜くため内向き志向の派閥の支配者に面従腹背しながら苦しむ、彼らの姿が浮かんだ。政略結婚のため、嫌な相手に無理やり嫁がされる娘の姿も見えた。

と、その刹那、ゼブリンに、ホライズンの矢の動きがスローモーションで見えた。そして、彼が素手を差し出す。と、その手は矢をつかんでいた。スタジアム全体がどよめく。それから彼は、矢をポーンと投げ返す。と、それは白いハトに変わり、はるか彼方へと飛んでゆく。

ホライズンは苦い顔になり、次々と矢を放つ。が、そのことごとくをゼブリンはつかみ取った。

「ふん、なかなかヤルな」

ホライズンが、首を振る。

「だが、お前は、ただ受け身でいるダケだ。黄金星で、一体何がしたいんだ？」

と、ゼブリンが、毅然として答える。

「あの星は、この星系の中央部に存在する。そこに居を構え、29の星々の交流を活性化させたい。数百年前まで活発だったこの星系の交流が、今ではすっかり衰えてしまっている」

「ふふ。それだったら、我らがとっくに取り組みはじめている」

「いや、違う。キミたちは、無理やり自分たちのルールを押し付けようとしている。それでは、ただの支配になってしまう。そんなやり方、はるか何万年も昔のものだ」

「いや、それでいい。この惑星・ソブリンこそが、この銀河の母なる星なのだ。だから、我らのやり方で、この星系全体を生まれ変わらせる。それから、他の星系も統制する。文句は言わせん！」

「そんなこと、分からない。人々が銀河に広がっていったのは数万年前のことだ。もしかしたら、母なる星は他にあるかも知れない」

「ラチがあかないな」

そう言うと、ホライズンは、手っ取り早くカタをつけに来た。レーザー銃を取り出すと。ゼブリンの眉間に照準を合わせる。そして、間髪入れず撃ちこんだ。

するど、ゼブリンの頭ごと瞬時に消失した。

「!!」

会場全体が、言葉を失う。

が、その横に、別のゼブリンが現われる。彼は鏡を使ったのだ。四次元鏡。相手の目を眩ます、AsGameの基本アイテムだ。

「ふん、姑息な真似を」

そう言ってホライズンは、本物のゼブリンに再び撃ち込んだ。が、ゼブリンのかざす手が、レーザーを吸収した。

「アニキっ!」

凄まじい光景に、弟たちもすっかり怖気づく。ゼブリンは、自分の手がどうなっているのかも分からない。極限の緊張の中で、感覚が麻痺している。が、彼は思いを巡らせていた。再び、ホライズン一族が封じ込められていた内向き志向の世界に。

かつて、この銀河には低迷の時代があった。

この銀河において……もとは一つの母星から、かけ離れた星々に人々が広がっていった。そう、考えられている。しかし、あまたの歳月が流れる中で、その母星が一体ドコだったのか分からなくなってしまった。

そう、一つの銀河であっても、固まって人々が住んでいるワケではない。ヒトが住める星々の集まりなので、お互い気が遠くなるほど遠くにある。それで、互いが無関心になり、壁をつくった時代があった。固く閉ざされた世界で、外向き志向の者たちは、生き地獄にいた。ホライズン一族も、それを味わった。

「う、うっ」

ホライズン一族に心を向けその苦しい苦しい思いに浸ったゼブリンがうめく。彼は〝縮こまってゆく苦しさ〟を味わった。大宇宙は、広がりつづけている。光より速いスピードで。それに抗い縮小することは、とてつもない苦痛をともなう。たとえて言うなら、脚を三重に折られた感じ、だろうか？　それに耐えかね、ホライズン族は立ち上がった。

その彼らの苦痛が、ホライズンの放ったレーザーに込められていた。

このゲームの空間では、すべての動作に実生活での意味が持たされる。そうなるよう、バード（ＳＩ）が仕組んでいる。

「ほ～、お前、結構ヒトの気もちが分かるんだな」

ホライズンが、感心する。

「そうさ、我らも外に広がる志を立てている。内にこもることは、天の御意に反することだろう。

だが、他の星を力ずくで制圧するつもりは毛頭ない。自由をモットーとしている。

その上で、無限の繁栄をつかみ取るんだ！」

ゼブリンのグレーの瞳が、恒星のように輝く。


「ふん、そんなキレイごとなど通用せん。内にこもった奴の扉は、こじ開けねば開かん！」

そうしてホライズンが、両手を大きく上げる。と、そこに頑強な扉が現われた。頑丈な錠がかけられている。彼が尋ねる。

「どうだ、この開け方が分かるか？」

と、ホライズンの前には、無数のカギが散らばっていた。

「お前の言う〝自由〟の力で、この中から錠のカギが見つけ出せるか？」

「・・・・」

ゼブリンがカギを見比べる。が、答えられない。ホライズンが、くすっと笑う。

「残念ながら、内にこもった相手は絶対にカギを渡さない。この中に、本物のカギなど最初から無い」

そう言って、ホライズンが何かを担ぐ仕草をする。と、次の瞬間、大きなハンマーが担ぎ上げられていた。

「いいかっ。こうすることでしか、扉は、世界は開かんっ」

そうして、彼が渾身の力でハンマーを叩きつける。と、扉は錠もろとも、コナゴナとなった。

「！」

ゼブリンのみならず観客すべてが、ホライズンの怪力に恐怖した。扉の向こうには、ギラギラと眩いばかりの銀河の星々が散らばって輝いている。

「だから、もう我らの邪魔はするな。黄金星のことはあきらめるんだ！　いいな？」

そうして、教えさとす風に言い放つ。

するとゼブリンは穏やかな笑みを浮かべる。

「なるほど。俺たちは……世間知らずということか。それは反省する」

「いい心がけだ」

ホライズンも、穏やかになる。

「だが、もう一度、その扉を出してくれないか。試したいコトがある」

「何？　いいだろう」

そうしてホライズンは、しぶしぶ再度、扉を出現させる。


と、ゼブリンはその前で、突如ローストビーフを焼きはじめた。彼は実生活でも、客人をもてなすため頻繁に料理をする。そういう者は、このSーが創り出す空間でも、瞬時に同じことができる。

辺りに、美味そうな匂いがたちこめてゆく。それから彼は、肉を盛る皿をわざとカチャカチャさせ、シャンパンの蓋《ふた》を勢い良くポーンと飛ばせてみせた。

すると、扉の中からガサゴソ音がしはじめる。

「・・・・」

ホライズンが、いぶかしげな顔になる。

さらにゼブリンは、黄金星の歌をバイオリンで奏ではじめる。ぐっと、エレガントな雰囲気が漂う。さらに途中から自分の声で、しかも黄金星の言語で歌いはじめた。

そうして、やがて歌い終わる。

と、扉は自然にグーッと開いた。

「!!」

ホライズンが、驚愕する。

ゼブリンが、応えた。

「これが、自由の力だ。自由は、楽しさと……相手への尊敬（リスペクト）からはじまる」

彼の言う自由とは、フリーダム（Freedom）（持って生まれた自由）のことだった。

すると、数百万の観衆から、スタンディングオベーション（全員総立ちの拍手喝采）が起こった。

ホライズンが、苦り切る。

そこで、声がした。バード（SＩ）のものだ。

《普通はこんなコトはしないのだが、、、

ホライズン、ここらで手うちにしないか？
黄金星との取引の権利の一部をゼブリンに譲り渡す、というのはどうだ？》
それは、バードからの異例の和解勧告だった。Ａｓ Ｇａｍｅは、基本的にどちらかがノックアウトされるまで行われる。ただ、第三者、すなわち観客の判断が考慮されることもある。そして今回、ゼブリンの自由の訴えは、万人の共感を得たからだ。

が、ホライズンは応えた。「断る」と。そうして、ゲームは続行された。

「では、自由とやらの力をもっと見せてもらおう、、」

彼が不敵に微笑む。そして、太いロープを取り出すと、それを放り投げる。するとロープは、ヘビの姿になってゼブリンに巻きついた。

「ぐっ、く、、」

ゼブリンが、顔をゆがめる。

「どうだ、これはカネを借りる苦しみだ。無一文から財を成すには、カネを借りねばならん。自由とは、まずカネを借りる自由のコトなのだ。カネを借りるために、俺が何をやってきたか分かるか？　知りうる限りの盟主に土下座をしてまわったが、挫折と屈辱の連続だった。水をかけられる位なら、まだいい方だ。牢屋に放り込まれたこともあった。娘を人質によこせと言われたこともある。この苦痛を味わわずに、成功など訪れない」

ホライズンが、せせら笑う。

とまた、ヘビが強烈に巻きつき返す。

「次は、若さを犠牲にする辛さだ。自由をかかげ、目標に身を捧げるのは美しい。だが、それによって、膨大な時間が奪われる。世の中どこでも、成功する者はほんの一握りだ。あとの者たちは、せっかくの若い時を根こそぎ奪われ、年老いてゆく。それで、苦しむのだ」

「うっ、ああ！」

ゼブリンが、またうめく。ホライズンが、畳みかける。

「そして、自由に挑戦する者は、他人を犠牲にする。ライバルを蹴落とすために。それでも、自分は正義の味方だと思い込む。だから、始末におえない。当然、敗れ去った者たちの怨念を受ける。それが、巨大なヘビになって終生巻きつくことになる。その巻きつかれた苦しみが分かるか？　むろん巻きつく方だって苦しい。その苦痛も理解できるか？」

ゼブリンは、意識が遠のいた。

「う。うぎゃ、ぁ！」

「まだまだ、自由には代償がある。お前がノコノコ黄金星に行っても、後悔するのがオチだ。

自由などキレイごとだ。欲望（Greed）こそが、あらゆる困難をはねのける力を生むのだ。

欲望を感じれば、自分が悪者だと認識できる。そうすれば相手の辛さも分かる。どうだ、ハッハハ！」

ホライズンが、高笑いする。そして、彼の確固たる信念は、そのヘビを石に変えた。そうしてゼブリンは、石の中に閉じ込められた。ホライズンの意思は堅固だ。降参しなければ、ゼブリンが飢え死にするまで術を解かないだろう。

が、ゼブリンは降参しない。そのまま、時間が過ぎていく。数時間が経過する。観客たちのホログラムも、ほとんど消え去った。

「アニキ、もういいよ。終わりにしよう」

幼いボールドも、声を細くする。が、それでも、ゼブリンは降参しない。そして、そのまま数日が過ぎた。まだ、目をしっかり見開いているのは、ホライズンだけだ。

見かねたバードが、声をかける。

《もう、死んでしまうぞ。降参したまえ》

と、ゼブリンが応える。

「ボクは、若さを奪われても後悔しない。ライバルに蹴落とされても、恨みはしない……」

彼は、苦しみを抜けていた。自由というものに陶酔しきっている。そうしてそのまま、スヤスヤと眠りに入っていった。

すると、バードが呆れて笑いはじめる。

《アッハハ、ハハハ。そなた、ヒトのくせに、なかなかヤルな！》

そうして、異例の裁定を下した。ゼブリンの兄弟は、黄金星での一部の取引を許された。

弟・グラント&ボールド、黄金星へ

舞台　黄金星

それからしばらくして、グラントとボールドは黄金星に宇宙艇で降り立った。

「なんだよ、ココ。えらい、へき地じゃないか！」

「文句言うな。ようやく勝ち取った場所なんだ。この星の中心地での活動は、ホライズンが独占している」

……そこに、ゼブリンの姿はなかった。彼は未だ、ゲームの後遺症に苦しんでいた。宇宙艇でのワープ航行に耐えられる体力が、いつになったら回復するかも分からない。やはり、ＡｓＧａｍｅは生半可なものではない。

グラントが、幼い弟・ボールドをかかえ込むように寂れた集落に歩を進めていく。ダラという村へ。

黄金星は、このソブリン星系の29の星々の中でも一番古いものの一つ。と、されている。その名の通り、金銀財宝、さらにプラチナやプルトニウムｅｔｃ.の貴金属も一番豊富に採れる。ちなみに、科学技術で一番先端を行っているのは、もちろんソブリン星だ。

ところで、極度に文明が進み、デジタル社会に染まり切っているソブリン星でも、ゴールドはとても価値が高い。ナゼか？　それは、電子情報は失われてしまう可能性があるからだ。かつて、ある星でそれが起こった。対して、ゴールド（Au）は、ヒトの手で壊すことができない。他の物質と混ざっても、決して無くならない。だからこの銀河でも、とても大切にされている。


さて、しかしながら、グラントとボールドを待ち受けていたのは……絶望だった。

それも、そのハズだ。地球でも同じだろう。突然見ず知らずの場所へ行き、自分のテリトリーを開拓しようとしても、まず誰からも相手にされない。そして、この二人は、まさにソレをしようとしているのだ。だが、彼らには、偉大な兄・ゼブリンへの信頼があった。

「でも、アニキが『行け』って言ったんだ。必ずできるさ」

グラントが、自分に言い聞かせるようにする。

「うん！」

若年のボールドも、ベソをかきながらうなずいた。

彼らの目的は……ずばり、黄金の採掘だ。先に述べたように、このソンブレロ銀河でもゴールドの価値はとても高い。そして、この黄金星は稀にみるゴールドの産出星として知られている。

二人は、ダラ村の村長・ルカスを訪ねた。

「ほ～、お前ら、AsGameで勝ったんだってな。大したもんだ」

彼が、初老の白くなりかけた髭をさする。

「だがな。それは、ソブリン星での話だ。ソブリンの奴らは、自分たちが一番偉いと思ってやがる。しかし、そんなの俺たちの知ったこっちゃない。交渉する権利を得ただってぇ？　そんなこたぁ、こっちが認めなきゃ何の意味もねぇ！」

そう言って、まったく相手にしない。

ソブリン星は、すこぶる評判が悪そうだ。どうも、この黄金星中心部で、ホライズンが派手にやらかしている模様だ。それが原因らしい。

二人は、仕方なく持ってきた器具を使い金鉱探しをはじめた。彼らにも個別のバード（SI）がいる。が、バードはなかなか現われない。むやみにヒトを助けると甘やかすことになるからだ。こういうところが、AIと違うところといえる。

そうして彼らは、アンドロイドのOMOに命じ円盤を飛ばし、広大な野原を探索してゆく。自分たちは、浮さ上がる車に乗ってそれを追いかけた。


「うわ～、広いね。アニキ！」

「ああ」

ボールドが、目を光らせ原野の広がる大地に見入る。彼らの故郷は、摩天楼や宇宙港、核融合のパワープラント……人工物ばかりだ。郊外の農場でさえも、SIによる徹底した管理がほどこされている。その精密農業の光景はまるで、大地に敷いた絨毯《じゅうたん》だ。でも、幼いボールドには少し堅苦しく感じられるようで、こちらの方がノビノビできるらしい。

円盤は、その彼らの先をスイスイ飛んでいく。そしてとうとう、青い光をピカピカとさせた。鉱脈とおぼしき箇所にたどりついた模様だ。

「よっしゃ～」

グラントが、大声をあげる。が、その時、別の円盤が現われた。そして、レーザーの赤い光線が彼らの円盤に撃ち込まれる。それで、墜落させられた。


「!!」

グラントが、蒼白となる。

「一体、何だ?」

と、程なく、浮上車に乗った警備隊が現われた。

「ここは、お前たちの支配領域ではない。即刻、退去せよ」

隊長の男が告げてくる。

「いや、しかし、ボクたちはソブリンでAs Gameに勝った。ここら一体の土地も手に入れたんだ」

グラントが、激しく抗う。


「そんなもの、ココでは通用しない」

男は、ぶっきらぼうに切り捨てる。

「そんなハズあるもんか! バード(SI)は、すべて計算してゲームを取り仕切っている。

この星での正式な土地の権利も、こっちにあるハズだ」

「・・・・」

が、隊長は相手にしない。それで、実力行使に出てきた。彼は大勢の部下のアンドロイドに命じ、グラントたちの乗り物や機材のことごとくを奪ってしまった。彼らは、有無を言わさず、荒涼とした原野に放り出された。

この警備隊は……実はホライズンの一味だった。彼らは、違法なバードを使う。通常、バード（SＩ）は、むやみにスパイ活動などはしない。ヒトの活動を第一に考える。だが、どこの世界にもウラはある。SＩの力を無制限に悪用する者がいる。SＩを駆使すれば、個々人の動きなど手に取るように分かる。

そうして、二人が異郷で身ぐるみはがされ荒野を彷徨《さまよ》う。

「寒いよ」

「ああ」

グラントが、ボールドの肩を抱く。そして、つぶやいた。

「……コレが自由ってものなのかい、アニキ（ゼブリン）？」

第2章

制御
（Control）

強大なホライズンと渡り合った、長男・ゼブリンの奇跡的大活躍!

それを受け継ぎ、勇躍、希望の星・黄金星へと乗り込んだ次男・グラント、末っ子・ボールド。

が、それはまだまだ……これより来たる想像を絶する挑戦の、ほんの序の口だった。

グラントの金鉱脈発見

舞台　黄金星

それから二人は、村に戻った。そして、ルカスの下人となった。それで、朝から晩まで、馬車馬のように働いた。

この星は、高度な科学技術が廃《すた》れて久しい。ロボットなど、すべていなくなってしまった。なので、逆に仕事があった。炊事洗たく、そうじ、修理、家畜の世話、耕作、種まき、農地の開墾ｅｔｃ．何でもござれ。不幸中の幸い、だろうか？

末っ子ボールドは、未開地の開墾作業にしゃにむに取り組んだ。彼は、ここで開拓精神を鍛えられた。未だ10代の初々しい時に、どん底を味わうことで、彼の魂はダイナミックな成長を遂げた。もちろん、最初は打ちひしがれていた。イジケた時期もある。が、次男・グラントがいつもそばにいた。そして、長男・ゼブリンへの絶大な信頼が、彼に苦境を乗り越えさせた。

一方、次男グラントは、ルカス家全体のマネージメント作業に才を発揮していた。そして、やがて、数百人の働き手を束ねる番頭役として頭角を現した。

彼ももちろん、兄・ゼブリンを絶対的に敬っている。ただ彼は、けっこうズルイところがある。そこは、兄とぜんぜん違う。でもその代わり、ヒトのズルさも見逃せる。大きく包み込める。

それから、割りかしアバウトだ。むろん、頭脳明晰な彼は、大きな目標を描き、それを理にかなうよう計画できる。そして、度胸良く進めることもできる。でも、少々ミスしても気にしない。だから、他人がミスしても許すことができた。

それで、家人の皆がついてきた。ルカスも、そんな彼に一目も二目も置くようになっていった。

その彼に、ルカスからついに大きな仕事が任された。金鉱脈の発掘作業だ。じつは、ここダラ村は、黄金星でも指折りの良質な鉱脈が眠っていた。そのことに、最近、ホライズンも気づいたらしい。それで、あのような邪魔だてをしたワケだった。ソブリン星でのAs Gameを裁定したバード（SI）は、この事を知っていたのかも知れない。それで、あそこまで食い下がったゼブリンの頑張りに応え……粋な計らいをしたのだろう。

そしてとうとう、グラント率いるチームが、鉱脈発掘のための作業に取り掛かってゆく。場所は、そう、彼らのあの円盤が撃ち落とされた地点だ。

ところが、というかやはり……〝彼ら〟が現われた。今度は、前回の100倍もの人数で押しよせている。まるで、軍隊だ。浮上して進む装甲車（戦車）まで用意されている。全員が、レーザー銃を下げていた。

血気にはやったボールドが、銃を構える。と、グラントは落ち着いて言った。

「待て」と。

そうして彼は、ツカツカとホライズン一派に歩み寄っていく。それで、隊長に言った。

「ここは、もともと我らの土地だ。そして、ダラ村の村長・ルカスの許しも得ている。キミたちに、いったい何の権限がある？　ナゼ我らの邪魔をするんだ？」

すると、隊長の隣にホログラムが浮かび上がる。果たして……ホライズン本人のものだった。

「バード（SI）は、ヒトのシモべだ。そのバードが決めたことに、ヒトが従う必要はない。かつて、AIが社会を占拠し、ヒトを支配しはじめた。それで、SIが登場したのだ。バードより、ヒトの方が上なのだ」

ホライズンが、そう淡々とのたまう。グラントが口をひねる。

「そのSIを、あなたは狂わせている。バードの力を悪用している。ヒトがSIに委託し、As Gameを仕切らせているんだろう？　SIの裁定は、我らヒトの裁きだ。あなたは、それに背いている。完全な背信行為だ！」

冷静なグラントも、声を荒げる。

「ほう。兄（ゼブリン）があれだけボロボロになっても、まだ懲りないか？　では、もう一度、ＡｓＧａｍｅで決着をつけるか？　今度は、どちらかがＫＯされるまで戦う。仲裁は、一切無しだ‼」

「いいだろう」

　こうして、再びＡｓＧａｍｅが開催されることとなった。

グラントvsホライズン『覇権をかけた戦い』

舞台　黄金星

　それから、３か月後。ここは、黄金星の中心・ザードの街。そのダウンタウンは、割とごちゃごちゃとしたビル群が軒を連ねている。でも、とにかく熱気がある。人々が、アリのように目まぐるしく動き回っていた。取引されている黄金や他の貴金属、さらにダイヤなど宝石の量もハンパでない。この銀河に冠たる富を生み出す星であることは、、、間違いなかった。

「すんごいね、アニキ！」

見違えるように逞しくなったボールドだが、その迫力に圧倒されている。

「ああ」

グラントは、やはり緊張した面持ちでいる。

だが、そんなことで、この星は科学文明には疎《うと》くなっている。そんな中、行われるＡｓＧａｍｅの試合に、人々は興味津々だ。

「ってぇと、ソブリン星人同士の戦いってワケかい？」

「……らしいな。何でも、因縁の対決らしい」

「ほー。でも、ホライズンってぇのは、今や、このザードの都を取り仕切ってるドンだ。対して、相手は、まだ30歳前の兄ちゃんらしい。まず、勝ち目はなかろう。実力差がありすぎる」

そんな会話をしながら、この街の観客たちが大きなやや古ぼけたスタジアムへと入っていく。その中には、10万人を超える人々がギュウギュウになりながら押し寄せていた。

ここには、ホログラムによる遠隔観戦など存在しない。でも、かえって、こちらの方が断然迫力があった。これぞ、人生をかけた一大決戦。そんなムードにあふれている。通路には、ビールやジュース、ポップコーンなどの売り子が、ひっきりなしに行き交っている。とにかく楽しい、お祭り騒ぎだ。

　これからはじまるゲームが、文字通りの死闘になろうとは、誰も予測していない。そして、ファンファーレが響き渡り、ホライズンそしてグラントの二人が入場してきた。もの凄い声援が渦巻く。

　すると、ドームの天井からオオワシの姿をしたバード（SI）が現われる。人々は、その姿を初めて目にする風だ。辺りは一転、シーンと静まり返った。

《もう、分かってるな。今回は、こちらの仲裁は一切しない。どちらかが『参った』と言うまで戦え》

　そう言い終えると、バードは姿を消す。

　すると、プラズマに覆われた地面が、フットボール（サッカー）のフィールドになった。そこに、バードの声だけがまた届く。

《そなたたち二人に、それぞれ10体のアンドロイドをあてがう。彼らは、忠実なサーバント（従者）だ。そなたらが望む通りの動きをする。それでは、試合開始だ》

　そうして、ゲームがはじまった。

まず、ホライズンにボールが渡る。と、彼はいきなり、ロングパスを前線へと放った。フットボールに見える。が、これはサッカーゲームではない。オフサイドも何も、ルールは存在しない。シュートしてゴールネットを揺らせばイイのだ。

と、ホライズンのパスを受けたフォワードがゴール前に攻めかかる。大歓声が、これを後押しする。いよいよシュートの態勢に入る。彼（アンドロイド）は、ホライズンの意を忠実に受け、ゴール枠左下ギリギリのコースに撃ち込んだ。ボールは、まるでボーリングの球のように滑らかに進む。キーパーは、まるで反応できない。そうしてあっけなく、ホライズンは先制点を獲った。

が……グラントは、他の10体のアンドロイドの把握に集中していた。ゲームは長い。そして、はじまったばかりだ。さらに大事な点はただ一つ。降参した方が負けなのだ。極端な話、得点などいくら許してもいい。彼は、〝若くして老獪《ろうかい》な感覚〟を持っていた。

そして、ゲームは進んだ。開始30分で、５対０。圧倒的に、ホライズンがリードしている。

ホライズンは、エンタープライズ（進取の気性）のかたまりだ。誰よりも早く先を読み、大胆な方法で状況を突破してゆく。そのパワーが、彼をこのソブリン星系の覇者たらしめている。その実力が、ゲームでもいきなり発揮されていた。

「やっぱり、な。こりゃ、勝負にならんわ」

飽きっぽい観客が、早くも席を立ちはじめる。


グラントが首を振る。が、言った。

「さすがだな。でも、俺にはアニキ（ゼブリン）、そして弟（ボールド）がいる」

そう。彼は何においても、物事を〝全体〟で見るクセがある。今も、自分ダケでなく兄弟全体で戦っている。そう、考えていた。すると、そこから出てくる作戦があった。

「(アニキは、自由をかかげて奴（ホライズン）に善戦した。とすると、俺は何を武器にすべきか?)」

そのことを、考えつづけていた。

「そうか、自由だけあっても、制御がなかったら糸の切れた凧だ。俺に求められているのは……」

と、彼は、アンドロイドたちを並べなおす。ただ、それは、等間かくに彼らを配置する平凡なものに思われた。

「（……あいつは、もう終わったか）」

ホライズンが、わずかな慈悲の表情を浮かべる。が、それから、グラント軍は着実にゲームを運んだ。先の先を読み、瞬時に、ちょ突猛進してくるホライズンの攻撃を止めていった。

「俺に求められているのは、、、自由から生まれた世界を〝コントロール〟する力だ！」

このゲームは、人生を体現するものだ。そして人生は、地味で平凡な日々の積み重ねでできている。だから彼は、コツコツした積み重ねのプレーをつづけた。来るべき、チャンスのために。

そして、もう一つ。彼はまた、全体を見た。ホライズンは、出来の良いアンドロイドばかりを使ってくる。それに対して彼は、くまなくアンドロイド全員を動かした。一見、あか抜けない動きの者にもボールを回す。すると、チーム全体が熱くなりはじめた。そしてとうとう、初得点を決めた。決してあざやかなゴールではない。が、キーパーの正面から、堂々とその股を抜いた。そうして、前半終了までに3点を返していた。

ハーフタイム。ホライズズンが、憤まんやるかたない表情でベンチに佇む。兄（ゼブリン）とは明らかに異なるグラントの気質に、警戒感をつのらせている。他方、グラントは吹っ切れていた。アンドロイド一体一体を、労《ねぎら》って回っている。

「アホか、あいつは。機械相手に……」

ホライズズンが呆れる。が、さらにグラントは、敵であるホライズズンのアンドロイドたちにも笑顔を向け声をかけていった。

「・・・・」

ホライズズンには、その様が、次第に不気味に感じられてきた。

そうして、試合後半がスタート。すると、驚くべきことが起きた。ホライズズンのアンドロイドの数体が、グラントの側に立って戦いはじめた。このアンドロイドたちに、ヒトの感情は備わっていない。だが、ゲームはバード（SI）によって運営されている。アンドロイドにまで気づかいを及ぼすグラントの姿勢が、SIの琴線に触れたのかも知れない。アンドロイドに感情が芽生えはじめた。

そうして、ゲームは動いた。立てつづけに、グラント軍は2点を追加。同点に追いついた。スタジアム全体が、観客のグウォ～という歓声で沸いている。

するとホライズンが切れた。

「フザけるなっ、こんなのイカサマだっ！」

そう言って、ボールを手でつかむと怒りを込める。と、ボールは、赤く染まった。それは、憎悪のカタマリとなった。このパワーを食らうとまた石にされてしまう。憎悪で相手を石にする。前回と同じパターーン。ホライズンお得意の技だ。

ホライズンが、その球を次々とグラント軍のアンドロイドに蹴りつけてゆく。と、アンドロイドたちはことごとく凍りつき動かなくなった。

そうして終いに……グラント軍はグラント一人だけになってしまった。

「いさぎよく、降参しろ」

ホライズンが、詰め寄る。

「・・・・」

ところが、グラントはボールを奪った。そして逆に、思いの丈《たけ》をキックに込めた。

その球が、ホライズン軍のアンドロイドに的中する。

グラントの込めた思いは〝自由〟だった。兄が、身体を壊してまで追い求めたモノだ。さらに、グラント自身がこの星で培った……ルカスの下人となってまで獲得したモノだ。その激しい思いがボールにつたわる。と、それに触れたアンドロイドは、ホライズンの束縛を拒絶しはじめた。自由、そして自由を求める勇気が、アンドロイドに撃ち込まれた。

グラントが、さらにボールを蹴りつづける。すると、アンドロイドたちが次々、試合を外れていった。

そしてとうとう、ホライズンVSグラントの一騎打ちとなった。

「ハハハ、まどろっこしいな。最初から、ココからはじめれば良かったんだ。自由など、力のある者に対する当てつけだ。庶民が、ガス抜きに使う言葉だ!」

ホライズンが、悪ぶる。

と、グラントもうなずいた。

「確かに。自由は……努力して成功しなければ獲得できない」

「ほぅ～」

ホライズンが、微笑を浮かべる。

「あなた自身は、自由に暴れまわっている。だが、それは、本当の自由じゃない。暴虐だ。全体がコントロールされてこそ、ルールの中で暴れまわってこそ、自由と呼べるんだ！」

「ルールの中でだと？」

「そうだ、あなたは無法者だ。ルールが、、縛りが必要だ」

そう言うと、グラントは、右手を天にかざす。と、麻の縄が落ちてきた。彼が、それをホライズンに向け解き放つ。と、それは、ヘビとなってホライズンに巻きついてゆく。今度は、前回と逆の展開になった。

「ぐっ、っ、」

ホライズンが、うめく。

「どうだ？　俺のアニキが味わった苦しみだ。そしてこれは、お前に苦しめられた者たちの痛みだ」

そうしてグラントは、ヘビに強烈なパワーを送りつづける。

「う、ぎ、ぎゃ、、、」

その凄まじいパワーに、天下の覇者・ホライズンが叫び声をあげる。それでもグラントは、パワーを加速させてゆく。……それは、グラントが隠し持っていた本性だった。正義感が強すぎると残忍さを生む、こともある。それでも、ホライズンはギブアップしない。ヒトは強すぎると、死を早めることもある。


その時、声がした。

「待って、もう止めてっ！　私が代わりに降参するわっ。パパを助けてっ!!」

ホライズンの娘・ナディアが飛び込んできた。長い髪を振り乱し、大きな瞳に涙があふれている。

と、グラントが呪いを解く。第三者の介入。それは明らかなゲーム違反。ホライズンは、敗北以前の失格処分となるからだ。

「・・・・」

グラントが、ホライズン親子の前に立ち尽くす。その娘の自分を見つめる視線に、グラントは自分が悪魔になっていたことを悟った。

と、その刹那、意識の戻ったホライズンが反撃に出る。が、それは、グラントに向けられたのではない。自分を失格処分へと追いやった、娘に対してだった。

ＡｓＧａｍｅでの敗北は、人生の敗北を意味する。彼はこれで、黄金星のみならず、すべての権益をグラントに奪われたのだ。

その彼が、娘・ナディアの首を絞めにかかる。そこにグラントが割って入り、止めようとする。

が、ホライズンの狂気は抑えようもなかった。彼は、今度はグラントに飛びつき、その顔面を殴りつづける。その凄まじいパワーは、グラントの片目をつぶした。

と、そこでまた、あの声がする。

《まったく、ヒトというのは始末に負えんものだ》

バード（ＳＩ）の声だ。

《今回は干渉しない予定だった。が、仕方ない》

そうすると、天から剣が降ってきた。そしてそれは、ホライズンの背中を貫いた。

《彼はもう、どのみち自害する運命だった。苦しむことなく逝かせてあげたのだ》

そうして、死闘が幕を閉じた。

第3章

支配
（Domination）

グラントとホライズンの死闘。As Gameは、肉体の戦いではない。魂の戦いだ。おのれのすべてをさらけ出し、自由と欲望が覇を競った。そして、グラントの自由が勝利した。が、両者の差は、ほんの紙一重だった。

グラントの銀河制覇

舞台　惑星・ソブリン

「パ、パパッ！」

ナディアが、絶命した父・ホライズンの頭を抱え、咽《むせ》び泣く。スタジアムには、もう観客はほとんどいない。彼女の声が、響き渡る。

やがて、彼女が後ろを振り返る。と、片目から血を流したまま佇む、グラントの姿があった。彼は本来、彼女の仇《かたき》に違いない。そして実際、彼女は睨むように彼を見た。

が、他方、彼は彼女の命の恩人でもあった。その複雑な思いが、彼女の中で交錯する。そして、意識モウロウとしはじめる。

その時、天井から霧雨が降ってきた。バード（Ｓ－Ⅰ）の仕業だ。何のつもりだろう？清めの、みそぎのための雨だろうか？

と、ナディアの顔がユルむ。そして、父を棺桶に納めると、グラントの傷の手当てをしはじめた。

「ごめんなさい。私の身代わりになって」

彼女が、かすれるような声でわびる。

「いや、ボクの方こそ、どうかしていた。キミを見るまでは。もっと早く会えていれば……」

「え？」

二人の間に奇妙な、いや、不思議な空気が生まれた。戸惑い抵抗し合いながらも、運命的な何かを互いに感じ合っていた。

そして、数年後。彼らは、夫婦《めおと》になっていた。グラントは、ホライズンの権益を引き継ぐのみならず、ナディアの母、つまりホライズンの妻の家系の権益をも手中にした。その家系は、ソブリン星系に冠たる名門一族だった。そうして、グラントはソブリン星系の覇者へと躍り出た。

また、ソブリン星系は、この銀河で圧倒的に一番の力を持っている。彼はこうして、銀河全体の覇者に成りおおせた。

その彼が、ベールの都で、尊敬する兄・ゼブリンと面会する。

「立派になったな！」

兄が、目を細める。

「そんな。もともとアニキが創った道じゃないか。ボクはただ、それを進んできたダケさ」

そうしてかしこまり、少しおどけてみせる。

「そんなことない。お前の力だ！」

そう言って、兄は弟の手をにぎった。ただ、ゼブリンは、弟がAs Gameで見せた残忍さの片りんが心に引っかかっていた。兄も、ハッキリ気づいたのだ。弟が、自分とは全く違う気質を持っていることを。

それで、念を押すように頼んだ。

「これからも、自由ってものをこの銀河に広めてくれよ」

「もちろん、だよ！」

弟が、快諾する。そうして、このソンブレロ銀河に〝グラントの時代〟がやって来た。

彼は、ホライズンが野放図に広げていった勢力範囲にルールをもたらした。簡単に言えば、ルールを守った上でお互い競い合おう。そういうコトだった。当たり前のことかも知れない。でもそれが、この広い銀河ではおざなりにされていた。そこに、ルールの柱を立てたワケだ。


この明快な決まりが、安定をもたらした。誰でも安心して、他の星と行き来できるようになった。それで、星と星が再びつながりはじめた。そうして、ソブリン星系は大繁栄の時を迎えた。

そこにまた、うれしいことが起きる。

「あなた、赤ちゃんができたわ」

妻ナディアからの知らせだった。そうして、グラントは子孫も増やしつづけた。

「私は、片目を失った。でもそのせいで、さらに物事をよく、そして広く観察するようになった。キミのおかげだ」

彼は、謙虚さも失わなかった。それで、さらなる広い視野をもって星系を治めてゆく。

ボールドの新世界開拓

舞台　惑星・オポジット

広い、といえば、弟・ボールドも負けてはいない。彼は、黄金星で培った開拓精神を、銀河全体で発揮していった。未開の星域を探検し、新たに居住可能な星を探し当てた。〝新たな星系〟の開拓だ。

中でも、惑星・オポジットは、あらゆる面で理想的な星だった。どこまでも広大な大地が広がり、開拓の可能性が無限にあった。そこに、若い世代を中心に人々が移り住み、大発展の兆しを見せはじめている。資源も豊富にある。前途洋々の有望な星だ。

さらにボールドは、長男・ゼブリンの理想を推し進めた。グラントにも増して、より鮮明に、自由の御旗を打ち立てていった。

それで、話は終わらない。覇者となった兄・グラントは、さらなる繁栄を目指した。大ソンブレロ銀河の一体化だ。ソブリン星系のみならず、銀河にあるすべての星系に……ソブリン星のルールをもたらそうというものだった。そうして、アマン星系、ポライト星系ｅｔｃ.他の星系にも強い影響力を及ぼしていった。

グラントは、もちろん平和を愛している。が、大艦隊を従え、銀河の隅々まで遠征していった。そして、長く門を閉ざしている星々に圧力をかけてゆく。

《門戸を開放せよ。さもなくば、実力行使に出るぞ》ということ。要するに脅しだ。そうして、やむなく、最後まで粘っていた星も門を開けた。

グラントは、信じていた。もとは、一つの星から広がった銀河のヒトの住む星々が、再び一つになれるということを。そしてそれこそが、この銀河の一番の幸福につながってゆく……ということを。

確かに、悲劇も起きた。大きな反抗が相次いだ星もある。それで、見せしめに、グラントは旗艦・アトムズから自慢の四次元ビーム砲を撃ち込んだ。これは、相手の精神を破壊する光線だ。

それでも聞き入れないと、Sーのドラゴン・ジャネットを解き放った。すると彼女は、激しく抵抗する住民たちを、瞬時に別の星へとワープ移動させてしまった。最果ての惑星・マージナルには、驚くべき科学文明の痕跡が秘蔵されていた。が、彼らはなかなか、心を外へ開かない。それで、グラントは策を弄した。優秀な頭脳たちを、大量に引き抜きつづける。それで、弱体化を図った。グラントは、大胆かつ視野が広く、時に非常に狡猾でもあった。そうして、ものの見事に、銀河のすべての星域に力を及ぼしていった。

長男・ゼブリンは、そのやり方を危惧しながらも……大きく包み込むように見守っていた。


それから、時間は流れた。大宇宙が刻む、泰然とした時が着々と過ぎ去ってゆく。長男・ゼブリンは年老いた。帝王・グラントも、壮年にさしかかった。彼は次第に業務を減らし、今は名誉職に退きつつある。その代わり、息子・カイトが活躍をはじめた。ただ、グラントには、心配事があった。そのカイトが、叔父であるボールドを疎ましく感じはじめていた、、からだ。

カイトが、会長室でくつろいでいる父・グラントのところへやって来る。

「父さん。この星系の、いやこの銀河の運営は、ボクらが担ってるんだよね？」

「ああ、そうだ。光栄なことにな……」

「でも、叔父さん（ボールド）は、父さんのやり方に不満があるようだよ」

そう、頬を膨らませながら訴えてくる。

「何だって？　そんなハズなかろう。我らは、太い絆で結ばれている」

「でも、父さんのやり方は『ルールばかりで窮屈だ』って、皆に言ってるみたいだよ」

「ハハハ、多少のグチは問題ないさ」

グラントが、両手を広げ笑い飛ばす。


だが、どんな繁栄にも陰りはやって来るものだ。グラントの治める広大な星域にも、それが現われはじめた。持つ者と持たざる者……二極化が起きていった。二極といっても、一方の極の持たざる者が９割以上だ。そうして、いくつかの星で反乱が起きた。するとグラントは、ルールの縛りを強くせざるを得なかった。が、そうなると、ますます持たざる者が逆上する。そうして、最後は軍隊を送り、力ずくで押さえつけるしかなくなった。ソブリン星の高度な軍事技術が活躍する、あまりうれしくない時代となった。

そんな折、弟・ボールドが新しい開拓星・オポジットから、ソブリンに出向いて来た。何やら、赤ら顔で血相を変えている。

「アニキ、あんなやり方は感心しないな。武器を持たない小惑星の市民たちの反乱を、ナゼ、中性子爆弾までチラつかせて脅す必要があるんだ?」

そう言って、食ってかかる。

「ああ、そうだな」

兄・グラントが、気まずそうに応える。が、それは、彼の息子・カイトの仕業だった。彼は、バード(SI)の提案した策を採用した。《科学兵器で威嚇するのが、一番効果的だ》という意見をとった。彼のバードは、彼個人を守るのと同時に天下国家をも導く、スーパーバードだ。

「あれは、カイトがやったことなんだろう?」

「いや、、、」

「……」

グラントが言葉を濁す。兄は、明らかに息子をかばっていた。『もはや兄は、自分よりも息子に信を置いている』。そう、弟・ボールドには感じられた。

弟が、沈痛な面持ちで部屋を後にする。

そうしてまもなく、ボールドとカイトがあからさまに反目する時代となってゆく。

その様子に心を痛めながら、いよいよ年老いた長男・ゼブリンが、この世を去った。

彼にも息子がいた。ゼブリンJr.（２世）だ。しかし、Jr.は、ゼブリンが年老いてようやく授かった子。まだまだ、幼い。ゼブリンには、どうすることもできなかった。

帝王・グラントから息子・カイトへの継承

舞台　惑星・ソブリン

やがてカイトは、実質的にほとんどのグラントの仕事を引き継いだ。そしていよいよ、銀河の星々への締め付けをキツくしていった。彼は、権利だけ主張して後はラクをしようとする……皆の気もちが理解できなかった。齢を重ねたグラントが、心配して皆の批判をつたえる。

が、息子は即答した。

「このやり方を批判するのはカンタンだ。しかしボクには、この銀河を担ってゆく使命があるんだ！」

そう言って、益々かたくなになってゆく。

「しかし、お前……」

「父さんは、黙っててくれ。任された以上、ボクのやり方でやらせてもらうよ！」

帝王に、息子が毅然と言い放つ。

「そ、そうか、オウッ。分かった！」

グラントが、逆に翻意させられる。そんな息子の姿に、頼もしささえ感じはじめる始末だ。それは、父親の性《さが》かも知れなかった。


そして、とうとう事件は起きた。

それまで、ボールドが発見、開発したオポジットを中心とした星系は、特別あつかいをされていた。グラントの強大な勢力の外に置かれ、自由にノビノビと開発が進んでいた。そのすべての星々を合わせると、大変な影響力を銀河全体に及ぼすまでに成長を遂げていた。

おまけにボールドは、底抜けに明るく開けっぴろげだ。だから、彼の星には、多くの人々が押し寄せて来た。もちろん、兄・グラントとも固い絆で結ばれている。だから、ソブリン星系からも人勢やって来た。

ところが息子・カイトには、そこのところが分からない。グラントとボールドが、いかに辛い境遇に耐え、互いの信頼を強めてきたかを理解できずにいる。それで、今日も詰め寄ってくる。

「父さん。何故、ボールド叔父さんは、ソブリンに対抗しようとするんだ？　惑星・オポジットの人気は、ますますうなぎ上りだよ。このままだと、父さんやボクらをも脅かしかねない。不気味だよ」

「おいおい、そいつは違うぞ。ボールドは、私の分身だ。一心同体なんだ。二人で、ゼブリン兄さんの志を受け継いできた。それで、我らの今があるんだ！」

そう言って、ムリに笑顔をつくる。

「それじゃ、こうしてくれよ。父さんの〝正式な後継者〟として、ボクを指名してくれ！」

と、グラントが、微笑みながら首を横に振る。

「そんなこと、皆、分かってる話だ。わざわざ宣言などする必要などなかろう」

が、カイトはいきり立つ。

「そんなこと、あるもんか！　父さんは、ボールド叔父さんの人望の大きさに気づかないのかい？

今や、父さんの後継ぎにはボールド叔父さんを望む声が、ものすごく高まってるんだ！」

息子が、顔を紅潮させる。

「……」

実は、そのことは、父・グラントにも分かっていた。この帝王も、もともとは善人だ。が、広大な星域を治めるため、様々な謀《はかりごと》を行ってきた。耳ざわりのいいウソや宣伝もたくさん流してきた。そのことに対する反感を銀河中からどれだけ買っているか、自分でも重々承知している。

そして彼には、カイトに対する不安があった。『息子は若く、頭脳明晰で実直だ。しかし、彼は挫折を知らない。ましてや、死の淵をさまようほどの絶望を味わったことなどない。だが、絶望がひしめくこの銀河で……それでどうやって、皆をまとめてゆくことができるというのか？』。彼の悩みは底知れなかった。

それでも、父は息子に告げた。

「分かった、お前を、正式な後継者として指名する！」

彼は、最後の賭けに出た。

「ほ、本当かい？」

「ああ……」

息子が、抱きついてくる。グラントは、ただただ、それを受け止めた。その顔は、もうただの翁《おきな》（老人）の顔になっていた。

兄弟の分裂

舞台　惑星・ソブリン

ところが、その影響は、はかり知れなかった。カイトが後継者になることは、誰もが予想していた。だが、それをわざわざ宣言したことに銀河中が驚いた。〝グラントとボールドの不仲〃を疑ったのだ。

そしてそれは、ボールド自身も同じだった。彼は、兄亡き後も、息子・カイトを支えつづける気でいた。が……今回のことで、兄への信頼が揺らぎはじめた。

「アニキ、一体全体どういうつもりなんだ⁇」

彼は、即座にバード（SI）を呼び出し、グラントの真意を確かめようとする。が、その手は、端末の器具を放り投げていた。彼にも直感できたのだ。息子を想うあまり、滲み出てきてしまった、兄の猜疑心を。つまり……兄・グラントが自分を疎みはじめているということを。

「ふ〜っ」

彼が、静かにため息をつく。そして、これから来るかも知れない分裂の時代を予感した。

そして、その不安は的中した。銀河全体が、グラント派とボールド派に分かれていった。当の兄と弟には、真っ向から相争う意思などみじんも無い。が、ヒトというものは、とかく群れをつくって対抗しあうもの。派閥争いが激化する。そうして銀河が、重苦しく殺気立つ時代に入った。

　すると、ボールドは、驚くべき決断をした。〝引退宣言〟だ！　自分のオポジット星を投げ出し、兄に返上すると言い出した。そしてそのまま、彼はいずこかへ行方を暗ました。

　実のところ……彼は、銀河の最果てにある目立たぬ惑星・マージナルに落ちのびていた。

　しかし、そんな事、誰もつゆ知らず。銀河は騒然となった。が、とりあえず、対立の構図は消えた。そして、オポジット星系を含めた銀河すべての運営を、カイトが担うこととなった。

　それを見届けるかのように、、、偉大な次男、帝王・グラントがこの世を去った。

　そして、一年後。今日は、三兄弟の長男・ゼブリンの生誕祭が行われている。ソブリンの都・ベールでは、大々的なパレードが催されている。その中心にカイトがいた。もちろん、ゼブリンの息子のゼブリンJr.（２世）もいる。が、Jr.は、まだまだ少年だ。それで、カイトと仲良く並び、群衆に手を振っている。

　バード（SI）の演出も、今日はド派手だ。上空に戦闘機がやって来る。と、それは突然、ワープしてフッと消え去る。が、また数秒でパッと現われた。アンドロイドの龍が何体も現われ、100万人以上の群衆の上を、かすめるように舞っている。

やがて天空に、眩いばかりのオーロラが揺らめいて現われた。が、それがハラハラとほどけ、光の帯が超高層のビル群にかかる。すると、今度は、光の帯がつくる山脈ができ上った。そして、その山の中腹に……ゼブリンの笑顔が描かれた。

皆々が、発狂するように彼の名を叫ぶ。祭りも最高潮に達してゆく。引きつづきグラントの名も叫ばれた。ますます、大盛り上がりだ。それから、ボールドの名も快哉《かいさい》される。人々は未だ、ボールドのことを、忘れてなどいないのだ。

「・・・・」

が、それを目の当たりにし、カイトは顔を曇らせた。

それでも、しばらくは、カイトは難なく銀河の運営をしてみせた。彼の周囲もそれを確認し、ホッと胸をなでおろす。何といっても、偉大な父・グラントの莫大な遺産に支えられていた。それは何も、巨万の富ばかりでない。グラントに対する銀河中の信頼が、今なお脈々と残っていたのだ。

しかし、数年が過ぎた頃、おかしくなりはじめた。星々の活動が活気づかなくなっていった。勢いが弱まってしまった。それで、持てる者は財を貯め込んだ。が、持たざる者は、徐々に貧しくなっていった。そうして気づくと、またまた二極化が進んでいた。すると、貧しい星では反乱が頻発するようになってゆく。

この流れは、起こるべくして起こっていた。バード（SＩ）たちに、気合いが入らなくなったのだ。彼らは、ＡＩと異なりヒトのために働く。だから、ヒトにやる気があれば、彼らもしゃにむに活動する。でも反対に、ヒトにやる気が無ければ、彼らもサボるようになってゆく。

そして、バード（SＩ）たちが注目するのは、やはり統率者だった。要は、彼らの目にはカイトが魅力的に映らなかったワケだ。

カイトは、決してやる気がないワケではない。逆に、命がけでやっている。頭もキレるし努力家だ。が、彼の知恵は底が浅い。目先のそん得で動く。そして、どん底を味わっていない。だから、うだつが上がらなかったり、落ち目の者を、端からバカにしたりする。バード（SＩ）は意外にも、ナニワ節気質が強い。そういった態度を好まないバードも多い。ヒトと通じる部分がある。最初のあのＡｓ Ｇａｍｅで、ゼブリンに温情を手向けたのもうなずけた。

すると次第に、星々の住人たちから、ボールドの復活を望む声が高まっていった。やがてその声は、銀河全体にこだましてゆく。


一方、ボールドは、辺境の惑星・マージナルで幸せを手にしていた。彼はこれまで、私生活で、多くの女性とかかわってきた。ところが、正式な妻を持ったことが無い。が、この星で、とうとう伴侶を得ていた。

彼女の名は、ミカエラという。つつましやかでありながら、芯がある。イケイケのボールドとは正反対だ。でも逆に、ウマが合った。彼女の元で、ボールドは心の安らぎを感じていた。

風呂から上がった彼が、彼女に声をかける。

「おい、ミカエラ。肩を揉んでくれよ」

剛腕の彼が、甘えるような声を出す。

「ハイハイ」

と、ミカエラは華奢な体にもかかわらず、ぐいぐいとツボを押してくる。

「ひ～、気もちいい～」

ボールドが、安楽の極致に至っている。


が、ミカエラは気がついた。

「あなた。ウソつかないで。ホントは憔悴《しょうすい》しきってるんでしょ？」

「……ハハ。バレたか！」

ボールドが、舌を出す。

そうだ。彼の元には、銀河中からメッセージが来ていた。ＡｓＧａｍｅの依頼だ。

《カイトと直接対決し、彼を打ち破ってくれ。そして銀河の統率者になってほしい》

そういう嘆願が、無数にやって来ていた。

ミカエラも、それを知っている。が、それまで、このことにはあえて触れずにいた。


「でも、アナタ。お兄さん（グラント）は、大変だったでしょうね。ホライズンのあれだけの力を、自分一人で受けて立って……」

「ん？　キミは悔しくないのかい？　アニキ（グラント）は、この星に相当ヒドイことをしたんだぞ？

ムリヤリ宇宙港をつくらせ、この星の宝を大量に運び出してしまった。特に優秀な人材だ。ここの皆は、頭脳明晰な働き者が多い。その彼らを、大量に他の星々に連れ出してしまった。反乱の鎮圧もヒドかった。多くの犠牲者も出た」

「ええ、そうね。あたしも、恨んだ時期があったわ。でも、大きな視野で見たら、起こるべくして起こったことだって……思うようになったの」

「起こるべくして？」

「そう。大宇宙は広がってるわ。もの凄いスピードで。なのに、外を向かないで内にこもるのは、宇宙のルールに反してるのよ。この惑星もそうだった。それで、限界ギリギリ（Marginal）になって、ようやく外を向いたんだわ。そう、思うことにしたの」

ミカエラは、自分に言い聞かせるように言った。

「キミは偉いな」

ボールドが、穏やかに微笑む。

「だから、あなたも、広く銀河全体のことを想ってよ。あなたにしか出来ないことがある！」

「それって、もしかしたら……（As Gameで戦えってことかい）？」

だが彼女は、もう何もしゃべらなかった。

「・・・・」

静かな沈黙が、彼らを包み込む。


そうして、ボールドは決意した。ＡｓＧａｍｅで、カイトと対戦することを。

すると、ミカエラが言った。

「あなた、コレ、持っていって」

「うん？」

それは、コンパクトの鏡だった。

「何だい、これ？」

「お守り」

「分かった」

彼は、何も尋ねず受け取った。

第４章

自由 II
（Liberty）

全ソンブレロ銀河を制覇した、偉大なるグラントの後継を巡り……
その息子・カイトと、実の弟・ボールドとの決戦の幕が切られる。

ボールドvsカイト『銀河の雌雄を決するファイト』

舞台　惑星・ソブリン

それから、数か月後。ここ、ソブリンの都のスタジアムにボールドはやって来た。そうだ、ゼブリンが初めてホライズンと対戦したあのスタジアムに、彼は戻ってきた。が、彼は、勝つ気などサラサラなかった。カイトは敬愛する兄の子だ。打ちのめすことなどありえない。ただ彼は、自由のために戦おうとしていた。偉大なゼブリンの唱えた、そしてグラントが追い求めた、自由のための戦いだった。

自由。それは、挑戦する自由だ。何事も皮肉に進んでしまうのが、浮き世の常。それはたとえ、どの銀河であっても変わらない。その理不尽に挑みつづける……自由だった。
だが、ボールドには、大きな危機が迫り来ていた。何故なら、カイトの背後には、黒い影が憑りついていたからだ。そう、カイトはホライズンの孫でもある。ホライズン一族の残党が、若いカイトを陰から操っていた。

そうして、ボールド、カイトの二人が対峙する。背後には、数億人の観衆がホログラムで現われている。まさに、銀河の雌雄を決する戦いだ。
だが、いつものように、バード（ＳＩ）は冷静だった。
《これは、平和のための（武力紛争を起こさないための）ゲームだ。戦争ではない。淡々と進めよう》
そう、声が響き渡る。

と、いきなり、巨大な蜘蛛《くも》の巣が現われた。
ボールドが、キョトンとする。すると、無抵抗な彼を、いきなりカイトが思い切り突き飛ばしにかかる。そして、ボールドは蜘蛛の巣にかかった。彼の背中全体が、ピタッと強靭な巣に張り付いてしまっている。

無数のホログラムの観衆が、ざわつく。ゲームの進め方の説明も何もない。異様なはじまり方だ。

そしてそれは、違法バード（SI）の仕業だった。SIの世界でも、し烈な争いが繰り広げられている。正規のバードの試合運営を、違法バードがハッカーのように入り込み乗っ取ってしまった……模様だ。

これは、ホライズン残党が仕掛けたものでもあった。確かにグラントは、ホライズンの娘・ナディアを娶り、その一族と和していった。が、やはり、反・グラントのホライズンは脈々と存在していたのだろう。その彼らが、若く一本気なカイトを操ることなど、いともた易いに違いない。

そして驚くべきことに、この違法SIも正規のSIと同じだけの実力を持っていた。これは、ヒトの社会でもそうだ。オモテの人物よりも、ウラの大物の方が強かったりする。バードも同じらしい。だから、違法バードに仕切られたAs Gameも、絶大な効力をもたらす。つまり、このゲームに敗れれば、ボールドは完全に銀河から抹殺されてしまうのだ。

「・・・・」

ボールドはすべてを悟り、動かない体を休めている。

「叔父さん、悪く思わないでほしい。力と力で戦って、ボクがあなたに勝てるハズないからね」

カイトは静かにそう言うと、古代の剣を抜いた。演出がかかっている。

「キミが勝っても、必ず後で、ホライズン一族に消されるぞ」

ボールドも、穏やかに返す。

「・・・・」

が、カイトは、無言のまま剣を振り上げる。

ボールドは、黙って目を閉じた。

そして、カイトが剣を振り下ろす。叔父の頭を目がけ。

観衆が悲鳴をあげ、目を閉じる。その、シュッという空気を切る音が響く。

が、目を開けると、その刃《やいば》はボールドの両手で白刃取りされていた。

「やはり……死ぬのは止めた。まだやらねばならん事が、、、山ほどあるからな」

そう言うと、彼は剣を払い、彼方へと放り飛ばした。

「さあ、かかって来い！　俺は、マルゴシだ。早くしないと、正規のバードが復活しちまうぞ！」
「分かったよ。それじゃ、手早く行くよ」

そうしてカイトは、レーザー銃を取り出した。
「叔父さん。ボクはあなたを、一目見て気に入らなかった。昔から……」
そう言うと、間髪入れず引き金を引く。げに恐ろしきは、近親憎悪というやつだ。
と、その瞬間。ボールドは、あのミカエラのコンパクトの鏡を向けていた。
すると、レーザービームは跳ね返され、逆にカイトの頭部を貫いた！
カイトが崩れ落ちる。と、蜘蛛の巣が溶けてゆく。
ボールドは駆け寄ってその体を抱き上げ、静かにその目を閉じさせた。

この勝利によって、ボールドが、この銀河を治めることとなった。
彼は、Liberty（勝ち取った自由）を、全銀河に完全に及ぼすことを宣言した。
そして、グラントが制定した堅固なルールを、銀河から取っ払った。

ボールドの栄華とその後

舞台　惑星・オポジット

そして、10年後。再びここは、銀河の中心、惑星ソブリンの首都・ベール。その宇宙港からは、今や、〝定期便〟の宇宙艇がすべての星系へ向けて飛んでいる。中には、とんでもなくゴージャスなファーストクラスもある。それに乗り、あの黄金星や新たなオポジット星系など……銀河の星々を旅するのが、市民のあこがれの的となっている。

宇宙艇だけではない。列車も走っている。と、いっても、レールのある列車ではない。ソブリンの各大陸から客を乗せ集まった細長い艇《ふね》が、ベールの上空で集まる。それから、摩天楼の横で一列に並び、後はつながれて一挙に飛び去る。その中には、豪奢なレストランカーやバー、遊戯、娯楽の車両もついている。これも、皆の垂涎《すいぜん》の的になっている。

でも、そんなものは、大人たちのエゴかも知れない。若者たちは、安くて気楽で気さくな旅を、ノビノビ楽しんでいる。発見されてまだまもない衛星に、勇躍乗り込んで行く者たちもいる。

そして、ボールドの惑星・オポジットは、このソブリンをも凌ぐほど、繁栄の時を迎えていた。

そこには、まぎれもない自由があった。ただそれは、何でもかんでも好き放題にしてイイ、というものではない。もしかすると、その真逆だ。

たとえるならば、〝にが〜いコーヒーを、その本当の味が分かるまで飲みつづける自由〟とでも言おうか。キビしい世の中の競争を、とことん戦い抜く自由だった。だから、沢山の敗北者が出る。それは、そうだろう。100人挑戦者がいるとして……その中で勝者となれるのはせいぜい1人、なのだから。

だが、ボールドは、99人の敗北者にも再び立ち上がるチャンスを与えつづけた。

どのようにして？　バード（SI）を使ったのだ。

普通、SIは、ヒトに必要以上の手助けはしない（ここが、AIとは違う）。そこを、少しだけ改良した。

どういう風に改めたか？　個々人のバイオリズムの微調整を行った。挑戦の成功失敗は、ハッキリ言って、運で決まることも実は多い。何の運か？　出会いの運だ。ヒトとの出会い。情報との出会いｅｔｃ．。

不滅の成功ルールを説いてくれるメンター（師）との出会いなどは、一生の宝となる。その出会いを、少しだけ多めに与えた。それを受け入れる準備のある者に……つまり、やる気のある者に。オポジットは、挑戦の星だからだ。

もちろんそれでも、半数以上の者は、大きな成功などできずに終わる。それが人生、ともいえる。

が、そこにも、彼はメスを入れた。それが、エンターテインメントだった。歓《よろこ》びで、傷ついた彼らのハートを癒した。たとえば、舞台やミュージカルを、ＳＩによる立体ＣＧではなく、本物のヒトで行った。それが、ＣＧ映像に慣れ切った人々には、新鮮に映った。大きな勇気を与えた。本物のヒトが実社会の悲劇を演じることで、それを至高の芸術にまで高めていった。

「人生は、苦しむためにあるのではない。歓ぶためにあるんだ」そんな、ボールドの言葉が、皆の頭に染みこんでいった。さらに、無重力状態の中のスポーツの数々、そしてＳ－相手のギャンブルｅｔｃ．。夢中で何かにのめり込むイベントを、無数にそろえた。

それから彼は、ソブリン星や黄金星……そんな名だたる惑星の者たちばかりが日の目を見ることを、決して良しとしなかった。名もない辺境の星々の民を、広くオポジット星に受け入れた。すると、彼らは、しゃにむになって頑張った。そうして、オポジットの光栄はますます増していった。

そんな者たちの中に、ボールドの妻・ミカエラの甥、ティラもいた。彼は、堅実な者たちが多いマージナル星にあって、はみ出し者だった。良く言えば腕白、わるく言えば悪童だ。それで、マージナルから追放された。そして、ボールドのところに転がり込んで来た。

それからティラは、この星にある自由の本当の厳しさを知る。思いのままに振舞うことが、いかに稚拙なことなのかを学んだ。そうして次第に、悪童から〝もののふ（武人）〟へと脱皮していった。

さらに彼は、本来もっているマージナル星人としての特質も現しはじめる。相手の意見をよく聞き、ヒトとヒトの関係をうまく展開させてゆくことだ。融合（Fusion）の才とでも言おうか。それで、トッドという親友をはじめ、仲間もたくさんできた。

そして、その融合の力は、バード（SI）同士の間においても発揮された。バードは、その役割が多様に分かれている。個々人を守るバード。街などのコミュニティー、そして天下国家を担当するバード。科学や法律など、専門分野に特化されたバード。中には、天下国家と特定個人をまとめて指揮するスーパーバードもいる。

ただ彼らは、お互い必要以上には干渉し合わない。もし、これを破ると衝突してしまう。お互い、ヒトのようなきめ細やかな感情があるからだ。

でもそれ故、AIでは見られない、まだるっこしい部分もあった。たとえて言うなら……独裁制と民主制の違いだろうか。独裁なら、意思決定は一発だ。実行も速い。でも多数決だと、カンカンガクガク、話し合いに時間が要る。手間もはるかにかかる。実行に移すのも、ぜんぜん遅くなる。AIは迅速。SIは意外にのろま。そんな違いがあった。

そこに……ティラは変化をもたらした。彼は、特定のバード（SⅠ）の個性を一発で感じとるセンスを持ち合わせていた。そして、同じ理想を持つSⅠ同士を巧みに結びつけはじめた。

彼の故郷・マージナル星は、融合（Fusion）の気風に富んでいる。あらゆるものを包み込んで一体化させるパワー……平たく言えば、ケンカせずに仲間に取り込んでゆく力だ。

そのパワーで、ティラはSⅠ同士を大きなカタマリに集結させていった。すると、この新しく誕生したSⅠネットワークは、惑星・オポジットに絶大な力をもたらした。そのパワーは、他の星々の追随を許さないまでに高まりはじめている。

今日も彼が、新たな開拓地での作業から帰ってきた。

「ただいま、叔父さん」

一日を終え紅潮した顔で、ボールドに声をかける。

「おお、遅かったな。あまり、ムリするなよ。と、言ってもムダか？　アッハハハ！」

ボールドも、気さくに応える。ちなみに、彼の妻・ミカエラは病気がちになり、故郷のマージナル星で療養している。

「叔母さんの具合は、どっ？」

「うん、あまり良くないんだ。ワシもしばらく、マージナルに行くことにした」

ボールドは、若い後継者をたくさん育て終えていた。それで今は、無数のオポジットの担い手たちのゴッドノファーザーに成りおおせている。ティラもその担い手の一人、というワケだ。だから、この星を多少留守にしても問題ない。


「そうですか……」

「ああ、でも、あまり心配するな」

「はい。それで、叔父さん。こんな時に何だけど、提案があるんです」

「ほう、何だ？」

「新しい〝衛星〟を創りませんか？」

「な、何だってぇ〜!?」

ボールドが、年老いた巨体をのけ反らせる。

「もしかすると、それは、キミの親友の発案か？」

ティラが、白い歯を見せる。

「さすが、ですね。ご明察。トッドっていう天才が言ってるんです。宇宙空間でも、割とカンタンに球体を膨らませることができるって。凄く単純に言うと、風船を膨らませるのと同じ原理なんだそうです。でも、中には空気じゃなくて、固体や液体を詰めることができる」

「ほう……」

ボールドが目を細める。彼ら若者たちの桁違いのスケールに、感服している。

「叔父さん。この星の開拓も限界に近づいた。でもまだまだ、銀河中から移住の希望が後を絶たない。だから、衛星をいくつか創って、ソレに応えるというのはどうですか？　幸い、重力制御装置も使えそうなんです。そうすれば、ますますオポジットは発展できます！」

そう言って、目を輝かせる。が、ボールドは、手放しで喜ぶことはしなかった。

「だがな、ティラ……。我らの星は、少々デカくなり過ぎた。それを、必ずしも喜ばない連中が、銀河にはいる。ヒトだけじゃない。バード（Sー）の中にもな、、」

それはおそらく、ソブリンのバードのことだろう。銀河最先端の座を巡り……ソブリンとオポジットのバードは、今まさに激しいつばぜり合いを演じている。

「なるほどね」

ヒトの世において、ジェラシーという厄介者は常について回る。それは、ＳＩの世界でも同じだった。

「それじゃ、この話は、ひとまずペンディングですね」

そう言って、ティラがめっけらかんとする。

「ああ」

昔のボールドなら、真っ先に飛びついた話だっただろう。しかし、彼も歳をとったのだ。が、それからも、ティラは新しい挑戦を試みつづけた。彼だけでない。銀河中から来た、有意な者たちが、オポジットをさらなる高みへと押し上げてゆくのだった。

それからも、歳月は過ぎてゆく。歴史は、ひと時も眠ることはない。

そしてついに、巨星の墜ちる日が来た。この銀河に鳴った英雄・ボールドが、臨終の時を迎えていた。

数年前。愛妻ミカエラが、長い闘病生活の後この世を去っている。

「ああ。これで、ミカエラのところへ逝ける。そしてやっと、アニキたちにも会える。

ワシは……このソンブレロ銀河をくすぐりつづけた。それで遂に、（銀河を）大笑いさせることができた。さあみんな、そんなワシを拍手で送り出してくれ……」

そう、つぶやき、ケラケラ笑うそぶりを見せる。

「・・・・」

周りでは、数知れない者たちが嘆き悲しんでいる。むろん、ティラもいた。が、どんなに優秀なバード（SＩ）も、ヒトの死だけは止めることができない。

第５章

未知の星域

ゼブリン三兄弟とホライズン……銀河の一時代を担った英傑たちが世を去った。
これから果たして、歴史はいかなる絵巻を用意しているのであろうか？
川の水が、下から上へと流れはじめる。そんな予兆が見えかくれしていた。

ティラとリヤの逃亡

舞台　惑星・オポジット

そうして、時代は……三兄弟のいない未知の時代に入っていった。すると、あろうことか、惑星・オポジットの繁栄が陰りを見せはじめた。

やはり、ボールドが抜けたので、Sーたちの士気が下がったことも原因だ。が、それにもまして、あまりに急激な発展の代償……かも知れなかった。光り輝く恒星でも、そうだ。あまりに高温度で明るく巨大なものは、その寿命も短い。多少暗くとも、ゆっくり照りつづけるものはずっと長生きする。

そして……大宇宙は、プラスとマイナスが交差する。ゼブリン三兄弟のプラスの力で、この銀河に繁栄が築かれた。が、それが去った今、マイナスのパワーが否応なしに台頭しはじめる。オポジットの衰退と共に、あの勢力が復活しはじめた。そう、ホライズン一族だ。

だが、オポジットの民は、底抜けに逞しかった。衰退に、敢然と抗った。そんな中に、ティラもいる。彼はもともと、マージナルの民だ。が、自身の全精力をもって、オポジットの復活を期している。

と、そんな彼に、声をかける女《ひと》がいた。

「あんた、ほんとは凶暴なヤツでしょ？　あたし、分かる」

ティラが、キョトンとする。

「キミ、誰だ？」

「あたし、リヤ。あたしも、マトモじゃないわ」

そう言って、小悪魔のように妖艶な笑顔をつくった。

「・・・・」

ティラが、後ずさりする。が、彼の目は、その天使のようなエメラルド色の瞳に捕えられた。

「あんた。これから、この銀河に起こること、分かる？」

「は？　あいにく、超能力とかは無いんでネ」

「ふふ、あたしも無い。でも、これだけは言える。ソブリンの三兄弟が創った栄光は……三兄弟の血で壊されるわ」

「！」

と、ティラは直感した。彼女が、ホライズンの血脈を引いていることを。そしていよいよ、逃げるように場を後にしようとする。が、どうしても、体が動かない。

「あんた、じき、殺《や》られるわよ！」

「え？」

「悪魔（違法SI）たちが、あんたを目の仇にしてる」

リヤが、くるっと瞳を回しておどける。

「分かるでしょ？　あんた、あれだけ正規のバード（ＳＩ）をいじって結びつけたのよ。それで、しゃくし定規で優等生のＳＩたちが剛腕になった。昔のＡＩみたいに。しかも、ヒトを支配しないガーディアン・エンジェル（守護天使）になった。そして、このオポジットを銀河の中心へと押し上げた」

が、ティラは逆にバツが悪そうだ。

「別に、ボクだけじゃない。あの天才トッドや……何人もの仲間とやったんだ。それに、活躍したのはＳＩたちだ。ボクはただ、ココが好きなんだ。勝ち取った自由(Liberty)のある、この星が。それに動かされたダケさ」

「ふ～ん」

リヤが、流し目になる。

「何でもいいわ。とにかく、そんなコトされたら裏の連中が黙っていない。ボールド亡き今、違法バード（ＳＩ）が大同団結しはじめてる。まず、あんたを血祭りにあげて、気勢を上げようとしてる」

「それってて？」

ティラが、ようやく真顔になった。

「正規のバードを押しのけて、天下を獲ろうとしてるのよ」

「！」

「さあ、逃げるのよッ、、、」

そう言って、リヤがティラの手を引いていく。彼はそれを拒むどころか、何故か高ぶりすら感じていた。

聖人・ゼブリン2世

舞台　惑星・ソブリン

一方、ここはソブリン星。やはり、この星は格が違う。オポジットが持とうとしても、決して持ちえない風格があった。

その核心を担うのは……これまで全銀河をリードしてきた科学技術でも、他の追随を許さない優美な芸術でも、銀河最強を誇る軍事力でもなかった。

それはやはり、ヒトだった。その中心が、ゼブリンJr.（以下、ゼブリン2世とする）だ。彼は、一族の者たちを感嘆させていた。何故なら彼は、偉大な父・ゼブリンをも凌ぐほど、聡明で賢き当主へと成長を遂げていたからだ。

　と、その彼が驚くべき言葉を口にする。

「違法バード（ＳＩ）が、はびこり過ぎている。ホライズンの一派が、これを動かしている」

　側近があわてる。

「若（ゼブリン２世）、そんな大きな声で。彼らのバードに聞こえます」

　が、ゼブリン２世は堂々としている。

「聞こえるように言っているのだ。彼らの中には、正規のものを押しのけて、違法バードで活動している者すらいる。嘆かわしいことだ」

「いや、はっはは」

　側近は、タジタジになるばかりだ。

「私は、ホライズン一族のすべてを悪と決めつけているのではない。悪いのは、ほんのごく一部だろう。

　我らも同じだ。生粋のソブリンの民の中にも、隠然としてマフィアたちは存在する」

　彼が、さらに声高になる。が、それでもなお、その凛とした品格は失われていない。

彼は、生まれながらのルーラー（統治者）なのだ。

「今こそ、オポジットと協調せねばならない。あの星は、急激に崩壊しつつある。しかし、それを何としても食い止めねばならない。偉大な叔父・ボールドの星だ……」

そう言うと、ホログラムが現われた。彼の懐刀・シュートがかしずいている映像が映しだされる。

「シュート、違法SIのドン（首領）は何というバードだ？」

「はい、〝カッカ〟という名です。このバードは、かつて、正規のバードをまとめるリーダーになり損ねました。それで堕ちて、裏世界のドンになったのです。カッカは今や、無数の違法バードとつるみ、裏の世界を完全支配しています。とても一筋縄ではいきません」

「そうだろう。私がコワいのは、オポジットの凄腕バードに対抗するため……。そしてオポジットを打ち破るため……カッカたちがさらに強大化してしまうことだ。この光栄あるソブリン星を、違法バードの巣窟に変えられてしまうことだ！」

「ハハッ、、、」

シュートが、ひれ伏すようにかしこまる。そのゼブリン2世のあまりに威厳ある姿に、正規のバード（ＳＩ）たちもやって来た。

《それは、我らも同じ思いだ。あなたに、我々も全面的に力を手向けよう》

そういった声が、幾つも幾つもこだまする。

と、ゼブリン2世は、即座にバードたちに尋ねた。

「では、如何にしたら、いいだろう?」

すると、バードが答える。

《我らも、カッカたちのように大同団結する必要がある》

ＳＩは、とにかくルールに縛られている。ヒトの邪魔をしないため、そして支配しないために。ルールを破った動きは、プログラムされていない。だから彼ら自身、その縛りを解くことができない。不必要に連帯することなど、想定されていない。

ゼブリン2世が、小首を傾げる。

「では、何故、カッカは団結できるのだ?」

《違法バードに、ルールなど無いからだ》

「では、我らはどうしたらいい？」
しぶい顔で、ゼブリン2世が聞き返す。
《オポジットのバードに倣《なら》うのも、一手だ。あそこのバードたちは、正規のSIにもかかわらず、一体となって巨大化した。それで、ブレイクスルー（快挙）を成し遂げた》
「ナゼ、一体化できたんだ？　それでいて、悪魔に堕ちなかったんだ？」
バードが、淡々と答える。
《それをさせた、ヒトの力だ》
「ヒト？　何という者だ？」
《ティラたち、だ》
「ティラ？　彼は今、ドコにいる？」
《消えた……》
「何だって？　バードのキミらが、何で分からないんだ？」
《彼のバードが、情報を隠している》
「・・・・」
それから、ゼブリンは、バードとシュート双方に命じた。
「ただちに、ティラを探してくれ」と。

宇宙列車

舞台　銀河の旅

その時。ティラは、リヤと共に宇宙列車に乗っていた。そう、前に出てきた、細長い宇宙艇が幾つもつながり、列車のようになって銀河を駆ける乗り物だ。それで、ドコへ行こうとしているのか？　それは、彼らにも分からなかった。

もちろん、この星系の定期便のほぼ１００％には、はっきりとした目的地がある。当たり前のコトだ。でも、中には、そうでないものもある。つまり、行き先不明の便というワケだ。

一体、どうしてそんなものが存在しているのか？　答えはハッキリしている。人生には、やりきれない時がある。それで、どこか遠いところへ逃げたい時が。そんな時、この列車に乗るのだ。すると、この列車を運行するバード（ＳＩ）が、乗客の潜在意識を読みとり、勝手に目的地を決めてくれる。それで乗客たちは、自分がピーンと来たところ（星）で降りる。そういうサービスのための便だった。

リヤが、ティラに文句を言っている。

「こんなのに乗ってたら、敵（ホライズン）の違法バードに見つかっちゃう。時間の問題だわ。まったく、何考えてんのよ？」

「・・・・」

だが、ティラにも考えがあった。そもそも、リヤを信用していないのだ。彼は、彼女をホライズン一族だと直感しているのだから。それでワザと、他に大勢いる乗り物を選んだ。彼女から身を守るために。

でもそれも、矛盾している。それなら、彼女から離れればイイのだ。が、しかし、ティラはリヤから、不思議に逃げる気にはならなかった。

「まあ、いいさ。メシでも食おう」

そう誘い、彼女をレストランカー（食堂車）へとエスコートして行く。

「・・・・」

その列車の豪奢なレストランには、人生を旅する芸術家かたぎの名だたる者たちがいた。あるいは、暇を持て余した大富豪の未亡人やドラ息子たちも。

「あんた、自分の立場、分かってんの？　みだりなもの口にしたら、たちまち毒殺されんのよ？」

リヤが、小声でささやく。が、ティラは、のほほんとしている。

「そうとも言えないさ。あの裕福な連中は、特別優秀なバードに自分を守らせてる。ホライズン一派といえど、うかつには動けない。ほんのわずかな異変でも、確実に記録されるだろう。数百台の監視カメラが動いてるようなモンさ」

「……んじゃ、何食べる？」

「キミの好きなものでいい。ボクも光栄だ。人生で最後かも知れないディナーを、最高の女性《ヒト》と共にできるんだから！」

「えっ？」

リヤが、初めてペースを狂わされる。

「じゃ、ウナギのシャンパン蒸しでも食べるか？」

ティラが、にたりとして言う。

「う、ウナギっ!!　あんなモン、食べれるのっ？」

しかし……運ばれてきたのは、上品でしかもまろやかでコクのある秀逸な皿だった。ご丁寧に、ウナギの下には、温かいライスが薄く敷きつめられている。洋風のうな重だ。

「ふ〜ん、けっこうイケるわ」

そう言って、彼女がペロッと平らげる。

「次は、肉を食おう。そうだな、外側を超高温で石みたいにカリカリに焼いて、内側はスポンジみたいに柔らかで肉汁がにじみ出る……ラム肉がいいな。それに、黄金星の３００年酒を合わせよう」

「ちょっと。そんなもん、メニューに無いわ」

「ああ、さっきのウナギも無かったよ」

彼は、左手につけたシリコンの装置を、指を動かしながら操作している。そうして、彼のバードに料理のリクエストをしているらしい。運ばれてきた肉料理も、これまた逸品だった。バードが、列車の調理担当のアンドロイドに直接命じているのだろう。

「・・・・」

リヤのナイフとフォークが止まった。彼女は思った。ティラは一見、平凡に見える。でが、尋常な者ではないと。彼女が初めに言った通り、彼は内に狂気を秘めている。

も、それを封印している。その代わり、狂気の力を切り刻み、整理して小出しにしている。そう、感じた。それで今は、バードに凝った指令を出したのだ。

「もう少ししたら、この方角に面白いものが現われる」

彼が、ボソッと言う。

「あ、、」

リヤが、口を開ける。それは、滝のように流れる流星群だった。

「え、コレって、まさかアンタが？」

「ハハ、まっさか！　ボクのバードが教えてくれたんだ」

「……だよね」

彼女が、ぎこちなく笑う。そうして次第に、ティラのペースがつくられていった。

それから、列車は銀河を進んだ。白い惑星では、大富豪の多くが下車した。白いとは、色のコトではない。何も持たない、という意味だった。新たに開拓された星らしい。そう、彼らは裸一貫、無一文からのスタートを望んだのだ。とはいっても、Ｓ－Ｉのガードが行き届いている。ある程度、努力すれば、それなりに成功できるよう仕組まれている。それで、人生をもて余してしまった大富豪たちも、若返ることができる。大きな意味でのレクリエーション、だろう。

その後も列車は、割と辺ぴな星々に客を降ろしていく。世慣れた客を運ぶ、マニアックで妙な便だ。

「俺たち、ドコ行くんだろな？」

「うん」

二人がボンヤリと、ギラギラ恐いまでに輝く星屑《くず》を眺める。

と、その行く手に、明らかに私的な戦艦の隊列が現われた。待ち伏せだ。

「……お迎えが来たよ。ホライズンたちの。あんなに沢山で。

あんた、想像以上に、徹底的に狙われてんだよ！」

さすがのリヤも、声が震えている。

「ああ」

ティラも、死を覚悟する。そして、バードに命じ、彼らの乗る艇だけを切り離させた。

「AsGameを、、奴らに申し込んでくれ」

さらに、そうリクエストした。目の前には、灰色にくすむ惑星が彼らを吸い込むように横たわっている。ティラたちの艇が、ゆらゆらとそこへ向かい行く。

ティラvsドン・ガ『遥かなる因縁の対決』

舞台　違法バードの星

そして、彼らは降り立った。荒涼とした広大な谷の合間に、超未来的な建造物が連ね、周りにはあざやかな緑を纏《まと》っている。一見、アーティスティックでおしゃれなムードを感じる。が、殺気立った空気が厳として支配している。否が応でも、寒々しさを感じる。そこは、、違法バード（SI）の巣窟だった。

「こんなトコで、まともなゲームがされるハズないわ……」

リヤが頬杖をつく。ティラは、彼女を逃がそうとした。が、彼女はそれを押し切りついて来た。

確かに、彼女の言う通りだ。この星では、正規のバードの力を、違法バードの力がはるかに上回っている。

しかし、このソンブレロ銀河には不思議な考え方がある。悪というのは……正義の至らないところが原因となって生まれる。だから、一番大きな意味での正義とは、悪をも包含する巨大なもの……というとらえ方だ。

だから、ティラは、違法バードの仕切るゲームでも勝負を買ってでた。大きな正義を目指したワケだ。実際あのボールドも、違法バードの取り仕切る試合を制し、銀河に偉大なる繁栄をもたらした。


この競技場に、観客など一人もいない。そもそも、観客席など無い。ホログラムも現われない。そして、開始の鐘が辛うつに響きわたる。

ティラと対峙するのは、ドン・ガという巨漢だ。現在、ホライズン一族を仕切る2トップの一人だった。彼は昔から『経験を増せば、あのホライズンをも凌駕する大立者になるであろう』、そう目されてきた。そして、今、全盛期のホライズンを彷彿とさせるオーラを身にまとっている。彼の仲間たちが、成長を遂げた虎の子を見るような視線を送る。


と、ティラが、静かに口を開く。

「キミは俺を待ち伏せした。しかし、キミをただの凶悪犯とは思っていない。それなりの理由があって、この凶行に及んだハズだ」

ドン・ガが、口元をひねる。

「当然だ。我ら（ホライズン一族）が悪魔の血統だと言う輩は多いが……とんでもない。我らがいたからこそ、この銀河の星々はつながっていったのだ。今日のソブリンやオポジットの栄光があるのも、我らの努力を下じきにしているからだ」

彼は、自信満々だ。


ティラは、うなずいた。

「なるほど。では、この俺は、そのまた上に乗っけてもらってるガキみたいなものだ。その俺に、一体何の用がある？」

ドン・ガは、声を低くする。

「ガキとは考えていない。貴様とは因縁がある。遠い、遠い……な」

と、ティラも、驚くべきことを口にする。

「確かに。俺も、自分がホライズンと無縁だとは考えていない」

「ほう？」

「ホライズンは、俺の故郷（マージナル）と何か……関係がある」

ティラは、感じていたのだ。ホライズンの者たちに、ある種の共感を。彼らは、ある時は悪の権化、またある時は戦慄のカリスマ、などと言われる。が、一人一人のホライズンの民は、割と飾り気なかったりする。いやむしろ、お人良しのことも多い。そこが、マージナルの民と良く似ていた。


ティラが、軽い吐息をはく。

「……仕方ない、ゲームに入ろう。そして決着をつける」

「ハッハハ、観念したな」

すると、オオワシが現われた。それが正規のバード（SI）か、違法のものかは区別がつかない。

《汝たちに、バズイング※（Buzzing）砲をさずける。この砲からは、汝ら自身の実力が、そのまま強烈な電磁波となって放出される。互いの力と力の、ストレートな撃ち合いだ。この単純明快なゲームで、手早く勝負をつけろ》

と、二人は、バズーカに似た筒状の発射砲をかついでいた。

「・・・・」

ティラが一瞬、静止する。この砲にいったい何のパワーを込めようか？　そう考えた。

が、ドン・ガは、迷うことなく激烈なパワーを撃ち込んできた。何の電磁波だろうか？

「ぐっ、、、」

ティラが、歯を食いしばり耐えようとする。が、とても堪え切れない。ついにダウンしてしまった。

「ふん。口ほどにもない」

ドン・ガが、吐きすてる。


しかし、ティラは黙って立ち直る。と、返礼の一撃を返す。〝自由〟の波動の満ちる電磁波を……。

そう、初代・ゼブリンが唱え、ボールドが銀河全域に根づかせた、至高のエネルギーだ。それを、渾身の力で撃ち込んだ。しかし、ドン・ガは、その強烈な波をスーッと自分の砲の中に吸収してしまった。

「・・・・」

ティラが、目を丸くする。が、怯むことなく、次の一撃を放つ。〝融合（Fusion）〟

※　ブンブンうなること。

の波動がビリビリ撃ち込まれた。これは彼自身が育んできた、いや、マージナル星から与えられたものだ。この力で、ばらばらだったS－同士の力を、巨大に束ねていった。そして、自由のパワーを、惑星・オポジットの栄光を加速させていった。その波動を、丸ごと撃ち込んだ。それはそれは美しい、七色の光の筋が放たれる。

が、撃ち込まれたドン・ガに、打ちのめされた気配は全く無い。彼のバズイング砲は、その目の眩む光の帯をも飲み込んだ。

「(・・いったい彼は何者だろう?・)」

ティラが、そのあまりの強さにがく然とする。

と、その時。さっきと違うバードの声がした。

《ドン・ガは、〝自分〟の力では戦っていない。〝別〟の力を使っている。そこを、よく考えろ》

どうやら、こちらが正規のバードらしい。ルール説明の偽りを告発した、のだろう。

と、逆に、ドン・ガは次々と電磁波を撃ち込んでくる。ティラは、面白いように打ちのめされつづけた。彼の視界は真っ白になり、次に真っ暗になった。何も見えなくなった。

「ぐ、ふぅっ」

ティラは、仰向けに倒れた。と、何かが見えた。それは、ドン・ガの後方に居並ぶ……途方もない人々の連なりだった。

「何だろう、これ？」

おそらく、ティラのバードが見せたのだろう。ドン・ガの無法に、抗わせるために。

するとさらに、彼には見えた。その人々の連なりの遥か彼方に……懐かしい故郷（マージナル星）の姿が。

「ま、まさか!?」

彼が、正気をとり戻す。

「ホライズンのはるか遠い故郷も、、マージナルだっていうのか!?」

「ん、ぐぐっっ」

と、とたんに、ドン・ガのバズイング砲の威力は……消え失せた。

ドン・ガが、『信じられん』といった風に首を振る。

「そうだった、のか」

ティラが、得心する。

「キミは、自分の血脈の力を利用してたんだ！　自分の力とは別の、一族のパワーを。脈々と連なる血脈のエネルギーは、とてつもなく強大だった」

「・・・・」

「俺とキミの血は、遥か古《いにしえ》でつながっていた。キミはその縁《えにし》に思いを、いや、憎しみを込めた」

ドン・ガが、横目でスルーするように応える。

「フンッ。俺たちが彷徨い、汚れ、飢えてるときに……お前らはぬくぬくマージナルで暮らしていた、ってぇコトだ。そんな奴がチョロチョロするのが、俺はたまらなく気に入らねぇ、、、」

ドン・ガは、顔色一つ変えない。


すると、また、正規のバードの声がする。

《今をさかのぼること、遥か数万年の昔。銀河の一番縁べりにあった惑星・マージナル。あと少しで外宇宙に放り出されてしまうであろう限界ぎりぎりの位置が……マージナルに力を与えた。

限界寸前のプレッシャーが、彼らに目を見開かせた。それで、銀河全体に視野を広げさせた。そうしなければ、彼らは銀河から忘れ去られてしまう。滅び去ってしまうからだ。

それから、彼らは銀河全域に散っていった。これが、ホライズンの源流だ。しかし、その中で迷い、飢え、病み、絶望し、変質をしていった。……このドン・ガの姿に、そのすべてが集約されている》

だが、見破られたドン・ガは、次の手を打ちあぐねていた。

しかし、他方ティラもまた固まっている。

「・・・・」

《どうした？　今、自由の力を打ち込めば、ドン・ガは再起不能になる。汝の勝ちだ》

また、バードの声がする。が、これは違法バードだった。ティラを挑発し、ドン・ガを復活させようというのだろう。

「そんなことしたら、、、俺の方がホライズンの力を受け継いでしまう。そいつは、御免だ」

ティラがそう言い放ち、その場を立ち去ろうとする。

と、突然。ドン・ガが凄まじい勢いで、砲を撃ち込んできた。それは、理屈でない。徹底的なパワーの炸裂だった。憎しみを通り越した……どこまでもクールで冷酷なエネルギーがティラを襲う。再び、彼が打ちのめされる。

が、ティラは、敗れる訳にはいかなかった。オポジットの繁栄を加速させたティラの敗北は、オポジットのさらなる衰退をもたらす。ゆえに、必死の形相で堪えた。すると、ティラの隠し持っていた狂気の力が、表に噴き出しはじめる。ティラの砲から、稲妻のような光が炸裂してゆく。

しかし、それをも押しつぶす凄まじいドン・ガの電磁波が、ティラを襲う。ティラは、悪魔の力というものを思い知った。ドン・ガは、その力をコントロールしている。ティラのパワーに合わせ、それをわずかに上回るパワーを撃ち込んでくる。それで、計画的に攻撃を永続させている。そうして、ドコまでもしつこく彼をリンチしつづける。とにかく、徹底的なのだ。

「ぐ、、、何て、パワーだ」

ティラの視界が、また白くなりはじめる。が、その刹那……彼の目に悪魔の正体が見えた。

それは、〝甘え〟だった。優しさを求める甘えではない。

自分の理想こそ正義だ、と断じる幼さだった。

「こ、コレかっ、、、」

ティラが、その甘えに向け、乾坤一擲《けんこんいってき》の自由の一撃を放つ。


「ぎゃ〜、んっ」

するとドン・ガは、ワンワン泣き叫ぶ幼児の姿になった。

自我をどこまでも押し通そうとする、幼子に……。

が、ティラは、その幼子に容赦なく砲を撃ち込みつづけた。

そうして、ドン・ガは、この世を去った。

「・・・・」

周りのホライズンの仲間たちが、呆然としてそれを見届ける。

ティラはこうして、心ならずもホライズンのパワーを受け継いだ。

第６章

ゼブリン２世の時代

ティラの故郷・マージナル星は……ホライズン一族の故郷でもあった。

マージナルは銀河最果ての星。そこから出た一族が、数万年かけて銀河を席捲していったのだ。

コペルニクス的転回がかけ巡る。が、それはまだまだ、物語の序章にすぎなかった。

もう一人の継承者

舞台　惑星・ソブリン

ドン・ガ敗北の知らせを聞き、ホライズン族のもう一人の頭・ホライズンNex（ネクスト）が言った。

「ティラの奴は、いずれこちら（ホライズン）に引き込めばいい。古の同族だ。我らは何も失ってはいない」

ホライズンＮｅｘは、故・ホライズンの跡を継ぐ、一族の嫡流だ。

そうして彼は、ソブリン星の首都・ベールへと向かった。ゼブリン2世のところに。

ドン・ガの敗北を覆し、銀河文明の中心を一気に乗っ取るハラだ。


ベールの都は、そのカリスマ性を回復しつつある。オポジットのたび重なる憔悴で、銀河の中心が再び、このメガロポリスに移りはじめている。

ゼブリン2世が、今日も、矢継ぎ早に指示を出している。彼の飛び抜けて優秀な部下たちが、働き蜂のように目まぐるしく動き回っている。最優秀のバードたちにともなわれて。


その摩天楼の上に浮かぶ中央宇宙港に、ホライズンＮｅｘの艇が降りる。違法Ｓ－の首領・カッカが、その背後に潜んでいた。

「よし、ココを我らの城とするか」

ホライズンＮｅｘは、落ち着き払っている。そうして、居並ぶ舎弟たちを従えリムジンに乗り込む。宙を行く車は、そのまま著大な摩天楼をすり抜けるように進みつづける。が、行っても行っても、街はとぎれない。やはりここは、破格のメガロポリスだ。が、ホライズンNexは、そんなことには興味が無い風だった。

彼のターゲットは、この都にあるSI制御中央システムだ。この星系はもちろん、オポジット星系や、ポライト星系、アマン星系etc.あらゆる星々のバード（SI）の動きを調整するものだった。

ただ、各星系のSI制御システムは、平等でフラットな構造となっている。だから、ソブリンだからといって、勝手に何でも強制できるワケではない。

しかし、ホライズンNexには計略があった。カッカに、そのSI制御システム全体を乗っ取らせる。それで、このソブリンの制御システムに〝絶対的支配権〟を与える。そしてその上で……ココを完全破壊してしまう。そういう謀略だった。そうすれば、銀河中のSIはグチャグチャになる。すると、違法バードの天下となる。つまり、違法バード（SI）による銀河クーデター計画だ。

そのために、ホライズンNexは、ゼブリン2世にコンタクトをとる必要があった。それから……彼を守るバードの〝セクト〟にも。セクトは、もちろん正規のバード（SI）だ。

正規のバードに、違法バードのようなヒエラルキー（階層組織）はない。どのバードも平等な立場にいる。ただ、バード各々にはやはり、能力に違いがある。その中にあって、セクトはズバ抜けている。バードたちの総理大臣的立場にいた。天下国家を担いつつ、ゼブリン2世個人も守る。スーパーバードだ。


「ゼブリン2世の隙《すき》は、ドコにある？」

ホライズンNexが、カッカに尋ねる。と、カッカが大きなワシの姿で現われる。カッカもまた、スーパーバードだ。ただし、裏の世界の。驚くべきことにその総合力は、実はセクトの2倍以上もある。

《まったく、無い。彼は、ヒト以上の存在だ》

返事が返ってきた。

「ふ〜ん。では、完全主義のところが、、逆に弱点だな」

《ハハ、そうだな》

「では、そこを攻めよう」

《分かった》

数日後。彼らは、ある機密会議に忍び込んだ。一口で言えば、ヒトとバード（S—I）の意見調整の場だ。

ヒトの代表と、スーパーバードたちが集まって、意見調整をする。

「それにしても、ドン・ガとティラの対決があったとは驚かされた。ホライズンのボスVS亡きボールドの右腕。不謹慎だが……この目で見届けたかった」

上院議長が、口火を切る。

「私も、ティラにコンタクトをとりたい。ですが、行方が知れません」

ゼブリン2世も、即座に加わる。

「私も、彼に興味がある。ホライズンの、そして違法バードの力を削いだ彼の手法を学びたい」

宇宙物理学の最高権威も、溜飲を下げた。

と、そこに、あるバードからの意見が入る。もちろん、彼らはヒトでないから、わざわざ言葉にせずとも複雑なコミュニケーションを一瞬でとれる。が、ヒトに合わせ、言葉にして出す習わしだ。

《しかし……正規と違法の区別は、どうやってなされるんだ？

ティラVSドン・ガの試合でも、ドン・ガの押していたシーンが多かったそうじゃないか。違法バードにも優れたトコロがある。それを、取り入れれば、SIも一層の完成に近づくと思うが？》
「ふ〜ん」
上院議長も、その意外な内容に考え込む。

「・・・・」

ゼブリン2世が、いぶかしがる。と、疑念は的中していた。このバードは、違法SIの首領・カッカが偽装したバードだった。すなわち、正規SIのフリをしたカッカ自身であった。

《一度、正規のバードと違法バードを、一堂に会してみたらどうだ？》

「そんなコト、できるのか？」

《できるとも。カッカという違法SIの首領がOKすれば、できる。違法バードの世界は、上位下達だ。親分の言うことに、子分たちは無条件で従う。ただ、正規のバードが問題だ。セクト、キミの意見はどうだい？》

が、セクトからの返事は無い。と、ゼブリン2世が問う。

「しかし、一堂に会してどうするんだ？　むやみに、争いを生むだけではないか？」

と、偽装バード（カッカ）は、即答した。

《そこで、ＡｓＧａｍｅをさせるのさ。ヒトとヒトの。

このソブリン星の代表と、、、悪らつなホライズンの代表に》

「何じゃと!?」

上院議長が、口を開けたままになる。

カッカの偽装バードが、まくしたててゆく。

《分かるかな？　そうすれば、正規か違法かにかかわりなく……有望なバードかダメなバードかが、一目瞭然になる。ソブリンの代表を応援するものが、有望なものだ。カタチだけは正規でも、無能なバードが多すぎる。だから、違法バードがはびこるのだ。違法バードの力は、年々強大になっている。このまま進むと、この銀河は大混乱に陥ってしまう。脅しではないぞ、これは!!》

「・・・・」

会議の場が、シーンと静まり返る。確かに、ヒトである皆々も、その危機が迫り来ているのをひしひしと感じていたからだ。

と、しばらくして。ゼブリン2世が口を開いた。
「それで、ホライズンの代表は何者だ？」
《ホライズンNexだ。彼しか、おるまい》
「では、このソブリンの代表は？」
《キミ（ゼブリン2世）しか、いないだろう！》
偽装バード（カッカ）が、声高に宣言する。と、他の人々もバードたちも、満場一致で賛成した。セクトを除いては。
「……分かった」

こうして、ゼブリン2世とホライズンNexの対決が決まった。正義を重んじ、ウソがつけず、逃げることも絶対しない……完全主義のゼブリンの気質を、カッカは見抜いていた。
この試合で、ゼブリン2世が敗れれば、銀河全体のSーの中央制御システムが乗っ取られてしまう。あげくの果てにそこを破壊され、この銀河のSーは無法状態に置かれる。ソンブレロ銀河は違法バードの、そしてホライズンの天下となる。

ゼブリン2世 vs ホライズンNex

舞台 惑星・ソブリン

そうして再び、、、ベール旧市街のあの場所が、戦場になった。初代・ゼブリンと先代・ホライズンが戦った、あの古めかしいスタジアムだ。

ゼブリン2世は、軽く目を閉じている。彼は、思い描いていた。このゲームで、柱とするものを。

父のゼブリンは、生まれながらの自由（Freedom）をかかげ、ホライズンと戦った。

その自由を、より豊かに広げるため、叔父のグラントがルール（Rule）をもたらした。

さらに、ボールドが、束縛からの自由（Liberty）を訴え、銀河に隆盛をもたらした。

そして彼は、再び、〝生まれながらの自由（Freedom）〟を御旗にして戦う決意をした。

それが、彼ら一族の原点だからだ。

対して、ホライズンNexは、〝独裁（Tyranny）〟をその野望の柱にしている。でも、その前に、混沌（Chaos）をもたらそうとしている……そんな気が、ゼブリン2世にはしていた。あの機密会議でのAs Gameの提案も、罠だったのかも知れない。彼は、そのことにも気づいた。

しかし、そこから逃げることはできなかった。もし逃げ出せば、父ら兄弟の成し遂げたものが失われかねない。それだけは、絶対にできなかった。

そして、もう一つ。未だ会ったことすらもない、ティラの存在があった。彼は、ボールドの覇業を倍加させた。そして、ホライズンの首領をも打ち破った。その、まだ見ぬ彼に負けるワケにはいかなかった。ソンブレロ銀河の盟主……ソブリン星の正統な継承者として。

そして、彼が目を開ける。と、その前には、端正な顔立ちのホライズンNexが佇んでいた。その圧倒的な品格は、あの先代・ホライズンの持っていた荒々しさとは、、、真逆なものだった。

そして、運命のゲームが幕を開ける。

《汝ら二人に、それぞれアンドロイドのチームを与える。いつぞやの、フットボールの時のように。

そのチームを使い、ラグビーのようにスクラムを組み、互いに押し合うのだ。すると、押し負けて後ずさりした方からは、〝球〟が絞り出される仕掛けになっている。つまり、そなたら二人のどちらか、押し負けた方から……〝思いの丈《たけ》の球〟がボロンと落ちる。そうしたら、押し勝った方がソレを獲れ。そうしてそのままトライすれば、勝利する！

球を絞りとられ負けた方は、生涯、魂を抜かれた状態になる。この球は、ヒトの魂そのものだからだ。よって、試合終了となる。ボールパスなどに、特段ルールなど無い》

バード（S－）は、正規・違法の混成らしい。いつもより、さらにそっけない。

そうして、両陣営がスクラムを組み、ガチンコで向き合った。

すると、ゼブリン2世もホライズンNexも、双方が感じた。『このスクラムの中は、まるで母親の胎内の風だ』と。だが、必ずしも心地良くはない。これから、産みの苦しみがはじまるかの様子だった。

そして、両陣営がぎりぎり激しく押し合う。と、ホライズンNexは、明らかに動きが違った。ゼブリンの反応をうかがう気配はなかった。自ら積極的にゼブリン2世の思いの丈を予測し、それを果敢に奪い取りに来ていた。

「お前の思いなど、とうに見通している。自由だ。他にはない。

だが、自由ほど厄介なモノはない。自由からは、怠け者が生まれる。そして、好き勝手なふるまいをはじめる。あげくの果てに、ヒトを傷つける。殺人、レイプ、強盗、サギ……何でもござれ、だ」

グランドに満ちるプラズマが、ホライズンNexの波動を駆け巡らせる。それは、自軍のアンドロイドに強烈な力を与えた。彼の波動は、その風貌の通りどこまでもストレートで美しく透き通っていた。

「そして、お前の自由の核心は……。うん、アレだ！」

ホライズンNexがひらめき、一気にパワーを加速させる。すると、強烈だが洗練された波動が襲いかかってきた。

「ぐ、ぐぐっ、、、」

こらえ切れず、ゼブリン2世の陣が後ずさりする。そして彼の胸から、水色の球が絞り出されてきた。

「うう、、、」

彼が、必死に抗う。が、ますます球は浮き出てくる。

「(こ、これが、AsGameか。こんなに苦しいものだなんて、、、)」

ゼブリン2世が、首を振って拒もうとする。

「と、父さん……」

彼はとっさに、父の面影を描いた。と、フッと力が回復した。

「(ホライズンNexの思い、いや、野望は独裁だ。だが、その核心は何だろう?ヒトを力ずくで統制したがる者が、こんなに洗練された波動を出せるハズがない。一体、〝何〟なのだ?)」


が、ゼブリン2世には分からない。逆に、とうとう彼の胸から零《こぼ》れかかっていた球が、ボトンと落ちた。

「!」

すると、敵のアンドロイドが拾い、即座にホライズンNexにパス。彼は脱兎のごとく、トライに向けて走る。

「くそっ、何としても取り返す、、、」

ゼブリン2世はしゃにむに追った。球を取り返すには二つの方法がある。一つは、球そのものを物理的に奪い返すこと。もう一つは、奪われた自分の思いの丈が一体何なのかを、自分で自覚することだった。

すると何故だか、彼の頭にティラの顔が浮かんだ。

「(ティラだったら、一体どうするだろう?)」

と、頭はもうろうとしながらも、体はがむしゃらにダッシュできた。みるみる追いついていく。

「(な、ナゼだ? ティラのことを考えたら力が出た! 未だ、会ったことすら無いのに、、、)」

彼が、薄れゆく意識の中で自問する。と、ひらめいた。

「そうか、ライバルだ。自由とは、〝ライバルとの闘い〟だ!」

彼はそう叫ぶと、ホライズンNexに飛びかかる。すると、こぼれた球がスッと体に戻った。スタジアム全体に大歓声があがる。

そして、試合再開。スクラムが再び組まれる。

と、今度は、ホライズンNexは身構えている。じっとして動かない。

が、逆に、ゼブリン2世は直感した。

「(そうか、、独裁にはガマンが要るんだ。意外だが……果てしない忍耐が必要なんだ!)」

すると、今度は、身の内を見破られたホライズンNe×の顔がゆがむ。そして、球が浮き出てくる。

「ん、ぐぁっ、、、」

ホライズンNe×が、その端正な容姿を崩す。


球を奪われることは、魂を奪われることだ。その苦痛たるや、、とうてい言葉では言い表せない。思春期の青年が、恋こがれる異性の名をクラスメートたちに暴露されたらパニックになるだろう。秘めた思いを知られることは、想像を絶する苦痛をもたらす。

「……だが、支配される相手は、それ以上のガマンを強いられる」

ゼブリン2世が、声を絞りだす。とうとう、堪えかねたホライズンNe×の胸から球がボトッと落ちる。忍耐の球だ。と、今度はゼブリン2世が奪い、トライしに走る。だが、ホライズンNe×はチームに指令を出す。瞬時に、独自のフォーメーションが組まれる。そして瞬く間に、がっちりとゼブリン2世を囲んでしまった。彼らは、驚くほど狡猾な動きをする。その上、凶暴だ。ゼブリン軍の数体のアンドロイドが殴り倒され、破壊された。そしてゼブリン2世から、物理的に球をもぎ獲った。


「(そんな、、、)」

ゼブリン2世が苦り切る。そして、天を仰ぐ。

「(ああ、、、もう何日も戦っているみたいだ)」

彼は強靭な男だ。が、繊細な神経も併せ持っている。だからこそ、万人を率いることができた。

ヒトの弱さも理解できるからだ。しかし今、その神経は疲労の極致に達している。

「(でもそれは、、、彼も同じだろう)」

が、目をやると、ホライズンNexは再び紳士然としていた。

「・・・・」

ゼブリン2世は、気が遠くなってゆくのを感じた。

As Gameは、スポーツゲームではない。戦争の代替手段(Alternative)である。

それから、またスクラム……。次にホライズンNexは、脅しの波動を込めはじめた。

独裁の野望にふさわしい。それも、並大抵の脅しではない。美しくとも、ぞっとする殺気と不気味さが放たれる。ゼブリン軍のアンドロイドたちが縮みあがり、硬直してゆく。

ゼブリン2世が、ホライズンNeXを睨みつける。と、彼が冷淡に微笑む。

「そうら、見ろ。自由、自由と騒いでも、、所詮そんなもんだ。すぐに、本音が出る。自由を叫ぶ輩は、力のある者を恨めしがってるダケだ。そうやって睨んで、な」

それで、セセラ笑う。

「・・・・」

ゼブリンは耐えた。再び、自分の球が浮き出しそうになった。今度は、侮辱への怒りの球だった。

そして、一進一退の攻防が果てしなくつづく。数十万の観客たちにも、そのプレッシャーが容赦なくつたわってゆく。すると次々に、ホログラムが消えていった。耐えきれないからだ。そうしてスタジアムは、異様な空気に包まれてゆく。

ゼブリン2世は、考えつづけていた。

「(ホライズンNexのパワーの秘密は、何なんだ？　独裁への欲望だけで、こんなに強いワケない)」

するとあの時のティラに見えたのと同じように……ホライズンNexの後方に、果てしなく連なる彼の一族の姿が浮かんだ。

「！」

ゼブリン2世がじっと、その連なりに見入る。

「(秘密は……一族への想い？　挑戦を重ねた血統への忠誠か？)」

さらに、思いを及ぼす。と、まじまじと見られたホライズンNexが一瞬、顔をそむける。

と、ゼブリンが気づく。

「そうか！　初めから彼の顔に描いてあった。あの透き通った容姿……〝類まれなる純真さ〟だ！」

するとホライズンNexの屈強で洗練された体の力が、ガクリと抜けた。

そして、球がこぼれ出た。真っ白な球が。ホライズン自身もまた、驚愕している。

自分の中から、そんなモノが出てきたからだ。ただそれは、まっさらな白ではない。

青みがかった病的な白だった。

「み、見るなっ、、、」

彼が、狼狽《うろた》える。そして、呆然とした。文字通り魂を抜かれた風に。自分が異常なまでに純真な心の持ち主だったなどとは、自分でもとうてい信じられない様子だ。

狂った純真だからこそ、信じた道をどこまでも突き進む。たとえその道が、誤っていようとも。たとえ無数の者たちを殺めようとも。それが、、、この狂人のハートの核心だった。

今度は、追ってくる気配も全く感じられない。ゼブリン2世が淡々と駆け、そしてトライした。

が、ゼブリン2世に、勝利（Triumph）の喜びは無かった。悪魔の心の一番奥が、、、真白だったからだ。

しかし彼は、天下分け目の戦いに勝利した。そうして、カッカの目論見は崩れ去った。

が、ティラと同じく、ホライズンのパワーを受け継ぐこととなった。

ゼブリン2世と銀河の平和

舞台　惑星・ソブリン

それから銀河は、ゼブリン2世の時代となった。彼の尽力で、崩れかかったオポジット星も、どうにか持ち直した。もちろん、銀河の他の星々とも良好な関係を築いた。そうして、銀河全体に安定をもたらした。グラントやボールドの時代を超えるほどの、、隆盛の時が来た。

そして、その繁栄の礎を担ったのは……古くからの古典的なモノだった。ゴールド（金、Au）だ。

広大な銀河世界といっても、結局はヒトとヒトの集まりだ。その、ヒトとヒトの取引が活発になってこそ、リッチで優雅な生活を送ることもできるようになる。

その取引の鍵となるのが、ゴールドだった。ゴールドは、ヒトの手では絶対に創り出すことができない。また、壊すこともできない。その安定性が、皆の信頼を獲得する。そして、採れる量も少ない。その希少性が、皆の憧れの的となる。これは、大宇宙の何処でも同じなのだ。

かつて、数千年の昔。この銀河のある惑星で全面核戦争が起きた。その時、電子マネーをはじめ、あらゆるデジタル情報が消失した。そんな教訓から、最後は実際に手にすることができるモノ……それが頼りにされている。

そんなことで、ゼブリン2世は黄金星のみならず、銀河中の金の採れる鉱脈を掘り当てていった。そしてそれを、カネ持ちだけでなく、広く銀河中の人々に広めていった。すると、その古からのパワーが、改めて皆に絶大な自信をもたらした。たとえ僅《わず》かしか持っていなくても、理屈抜きでとにかく気分を高揚させる。その気もちの変化が、銀河世界を大きな安定へと導いた。

でも、ゴールドは保管が面倒くさい。移動するのも重くて大変で、その上盗難の危険がともなう。

が、S―のリーダー・セクトがやってのけた。瞬時に金を移動保管するワープ式ストレージ（保管庫）を開発した。するとゴールドの価値が、さらにうなぎ上りとなった。

そして今日は、ベールの中心で祝賀が行われている。このソブリン星系の星々が、すべて先進惑星の仲間入りをしたからだ。それで、この星系のみならず銀河中から人々がやって来て、お祝いのパレードが行われていた。その列には、力の大きな星のみならず小さな星の代表たちも民族衣装をまとい加わっている。時代が、大きく移り変わっていっていた。

そしてやはり……皆々の注目はゼブリン2世に集まった。

「ゼブリン、ゼブリン！」

大合唱が自然に巻き起こる。彼も、ニコやかにそれに応える。するとさらに、スタンディングオベーションがはじまってゆく。ホログラムの群衆も現われる。それも合わせると、数十億の人々が、その空間に現われた。

「私は、何もしていない。ゴールドは、それ自体はタダの金属だ。でも、どっしりとした安定感がある。信頼の元となる。我らは、この金属を介して互いに信じ合える。堂々とビジネスできる。……それを、ほんの少し広めただけさ」

彼は、照れながら言った。が、人々の、ゼブリン称賛の声は高まるばかりだった。どんなに文明が発達しても、結局はヒトとヒトの信頼がモノを言った。遥か昔から存在する金属が、それを担ったのだ。

やがて、彼の横顔を描いた〝ゼブリン2世金貨〟が銀河中に広まっていった。

ティラとリヤの放浪

舞台　惑星・オポジット

その頃。ティラは、銀河の星々を転々としていた。彼は確かに、ドン・ガに打ち勝った。だが、その背後のホライズンのパワーを引き継いだ。

それが、彼を苦しみの極致へと追いやった。ティラは、日々、ホライズン一族のもつ凄まじい力をまともに受けた。何故か？　それは、他でもない。彼も遠くの先祖で、ホライズンとつながっていたからだ。

そして、彼自身も……元来は狂暴性を秘めている。それで、ホライズンの、ひたすらパワーを求める姿勢に共感することが多くなった。

彼は、それが嫌だった。ソブリンやオポジットの大都会で覇権を求めて暴れまわろうとする欲望が……自分の中から湧き出てくるのが。それで、辺ぴな星を訪れては、原始的な農作業や肉体労働に身を投じた。そうしていると、何も考えずにいられるからだ。

また、彼は極度に恐れてもいた。自分が、あの違法SIのボス・カッカに乗っ取られることを。すでに、ドン・ガもホライズンNeｘも表舞台を去った。ティラは、自分がカッカの恰好のターゲットであることを知っていた。

そして、そんな彼に、あのリヤも寄り添った。やがて二人は、真に愛し合う関係になってゆく。

それからやがて、、、彼らは惑星・オポジットに帰っていった。確かに、オポジットは未だ、混乱の最中にある。が、偉大なるボールドの星……勝ち取った自由（Liberty）の母なる星だ。

ティラはそこで、かつての仲間・トッドたちと共に、這いつくばりながら闘った。それで、『ゼブリン2世の金貨』を広めることにも心血を注いだ。と、今度は、彼の受け継いだホライズンのパワーが、良い方に加勢する。良質のゴールドを産出する新たな星を探し当てては、大量の金を手に入れ、コインに変えていった。

ティラは、まだ見ぬゼブリン2世に、全幅の信頼を寄せていたのだ。そんな一人一人のパワーが足されつづけ、どうにかこうにかオポジットは最悪の時代を抜け出してゆく。そして再び、銀河に号令する星となっていった。

第７章

銀河の夜明け

ホライズンの二人のトップが敗れ、世はゼブリン2世のものとなった。
混乱を極めたオポジット星も復活。銀河は、黄金時代に入りつつある。
だが、それを良しとしない者がいた。違法バードの首領・カッカだ。
この悪魔の魔の手は……今度は次の二人へと伸びていった。

悪魔のSI・カッカの暗躍

舞台　惑星・ソブリン

しかし……時は常に移りゆく。ゼブリン2世の繁栄を認めないパワーが、うごめきはじめる。

ホライズンの二人の首領は、滅び去った。が、未だ、違法SIのボス・カッカは滅びてはいない。

そして、この恐怖のバードは、驚くべき所業をやってのけた。巧妙に……偽Au、すなわち偽ゴールドをつくり上げた。それは、本物と寸分違わない重さをもつ。色、輝きもうり二つだ。しかし、時が経つと劣化をはじめる。そこが、本物とは違う。

その偽ゴールドの金貨を、膨大に世に広めていったのだ。この偽Auは、ゴールドの検査器具のチェックも軽々とパスしてしまう。カッカの類まれなる能力の面目躍如でもあった。

すると、ゴールドの価値が、次第に失われてゆく。金は、希少だからこそ値打ちがある。でも、それが果てしもなく増えていったら、それだけ価値も下がってしまう。


しばらくして気づくと、、、銀河中に偽金貨があふれ返っていた。すると、金の価値が小さくなる。と、同じ重さの金で買える物が、どんどん少なくなる。反対から見れば、買おうとする物がトンデモなく高くなってゆく。

そうして皆々は、ゴールドを信用しなくなっていった。信用の元が無くなると、ヒトとヒトがお互いを疑いはじめた。そして人々の取引が激減し、利益も上がらなくなる。あげくの果てに……皆々は、貧しくなっていった。

すると、人々は手のひらを返した。今度は、ゼブリン２世に批判を集中させた。パニックになると、ヒトは見さかいがなくなる。誰かを犯人にして、攻撃したくなってしまうものだ。それで、星々は、ソブリン星との同盟関係から離反しようとしはじめた。

でも、ゼブリン2世は、何も悪いことはしていない。それで、その離脱を止めにかかる。するとと、強硬な星が現われた。ソブリン星を直接武力攻撃しようとまでしはじめた。そうして遂に、ゼブリン2世は、反乱鎮圧の大艦隊を出動させる決意をした。

と、彼の懐刀・シュートが顔を曇らせる。

「しかしそれでは、Freedom（生まれながらの自由）を壊すことに、なりませんか？」

と、ゼブリン2世が、小さな声でボソッと答える。

「……分からぬ」

「分からない？」

「ああ」

ゼブリン2世は、あい変らずウソがつけない。

「そ、そうですよね。あなた様といえど、、、神ではない」

シュートは、ゼブリン2世のそんな真正直な姿に抗うことができない。

「……それで、いかなる兵器をお使いになられますか？　核攻撃、中性子爆弾？　それともまさか、高濃度レーザー砲ですか、惑星ごと破壊する？」

シュートも、覚悟を決めた風だ。

「いや、〝銀河のオーロラ〟を使う」

「えっ？」

「確か……Q４－C９＝yの星域に存在している。光のフォトン（光子）の帯だ。それを、我が艦隊のイージス艦数十隻で囲み、瞬間的にワープ移動させる。問題の星の周辺に」


と、セブリン２世のSＩ、スーパーバードのセクトが現われる。

《銀河のオーロラの中に入ると、星の電気系統がすべて機能しなくなる。住民の文明生活が、ことごとく破壊されるぞ！》

が、ゼブリンは、その声をスルーするように答える。

「仕方がない。それ位、干し上げねば、、反乱は収まらないだろう」

が、それは、人々の飢えや疫病のまんえん、そして秩序の崩壊を招く。筆舌に尽くしがたい悲劇が生まれる。そのことは、火を見るより明らかだった。一撃の破壊ではない。永続する苦しみを、人々に与えようというのだ。

「これ位せねば、見せしめにならない」

そうして、軽い笑みを無理矢理つくる。

「・・・・」

シュートが戦慄する。ゼブリン2世は変わった。彼もまた、AsGameで受け継いだホライズンのパワーに占領されつつあった。


それから、程なく。ソブリンの大艦隊が、銀河のオーロラに向け出発した。そして、その途方もなく巨大なフォトンの帯を囲むように配置に就く。それから、オーロラを丸ごとワープ移動させた。ソブリン星を直接攻撃しようとしている、惑星・シャーバの星域に……。

すると、あらゆる苦しみが、シャーバの人々に訪れた。と、それはもう、他の星々にとっても他人事ではなかった。次は、自分たちも同じ目に遭いかねない……そう戦慄した。


こうして銀河は凍りついた。そう、違法SIの首領・カッカは、、ゼブリン2世に憑りついていた!!

彼を通じ、全銀河を制圧するために。銀河の民は、こうしてたった一人の男に恐怖した。

ゼブリン２世 vs ティラ『最終決戦』

舞台　惑星・ソブリン

こと、ここに至り……彼が立ち上がる。ティラ、が。

彼は、ゼブリン２世に、ＡｓＧａｍｅでの直接対決を求めた。

ゼブリン２世も、これを受けた。ティラとの対決に、運命を感じていたからだ。

そしてまた、彼らはあのベールのスタジアムにいた。

するとその大舞台で、ゲームを取り仕切るバードが驚くべき言葉を発した。

《この試合は、特段のやり方を指定しない。自由に戦え》と。

と、ゼブリン２世が、ティラに告げる。

「今、我らが戦うと……必ずや、我らの身に備わるホライズンの力と力の応酬となる。覚悟したまえ」

「望むところだ。それが自由のためなら。我らのどちらに……この銀河、いや、全宇宙に通用する力があるか、試そうではないか」

ティラが、応じる。


「全宇宙……」

「そうだ。膨大な2兆もの銀河が集うこの大宇宙に認められる力があるかを、競い合うのだ」

「どうやって？」

「それは、この大宇宙が教えてくれる。Sーなどでは手に負えぬ世界だ」

すると、二人は自然に、剣と剣を交えて向き合っていた。Sーが現出させた太刀を。

その剣は、単なる金属の器具ではなかった。二人の意志をカタチにしたものだ。

すると、驚いたことに、二人の剣は非常によく似ていた。透き通るように美しく洗練されている。しかも、強靭だ。ただ、ゼブリン2世の刃が真っすぐ直立しているのに対し、ティラの刃は緩やかにカーブを描いていた。

そうして二人は、互いのパワーを最大限にし、応酬をはじめる。ゼブリン２世の剣からは〝統制〟というパワーが放たれた。この力で、反乱分子を押さえつけたのだろう。ただその奥には、生まれながらの自由（Freedom）というピュアな思いもある。

ティラの剣からは、勝ち取った自由（Liberty）のパワーがほとばしる。それで、ゼブリン２世と刃を交えてゆく。

すると次第に、、、互いの刀の形がモノを言いはじめた。ティラの剣の方が、カーブしている分、しなやかに動いた。ゼブリン２世の剣を受け止めつつ、それを払いのけてゆく。それは、彼の心のしたたかさ、巧みさ、あるいはズルさも現わしていた。他方、ゼブリン２世の剣はどこまでも真っすぐだ。その分、より強烈なパワーが働く。ただ、融通が利かない。

と、ゼブリン２世の真上からの渾身の一撃が下される。ティラが剣を真横にして、それを受け止める。そのあまりのパワーに、ティラの顔がゆがむ。ゼブリン２世はそのまま、剣をぎりぎりとティラの顔面に近づけてゆく。ティラが、必死に堪える。ゼブリン2世は本気だ。そのまま、ティラの頭を真っ二つに裂こうとしている。
その強烈なパワーは、彼の純真性から来ていた。ティラには、それが分かった。が、その背後に、おぞましい大きな翳が見えた。違法Sーの総元締め、カッカだ。悪魔が、ゼブリン2世の真っすぐな気質を利用し、ティラを殺そうとしている。

「(なるほど……)」

と、ティラの心に怒りが芽生えた。ゼブリン2世のピュアな心に巣食う、カッカへの怒りが。すると、ティラのしたたかさ、巧みさが起動しはじめた。彼は、剣を持つ手首を、ほんの少しずつ返しはじめる。そして自分の剣のカーブを利用し、相手の剣をずりずり滑らせながら押し返してゆく。やがて、一気に払いのけた。そして間髪入れず、そのまま斬りかかる。と、ゼブリン2世の剣は真っ二つに切られていた。
ゼブリンの心は真っすぐだ。が、その分、脆《もろ》さもある。それが、このゲーム空間でこうして目に見える形になって起きた。他方、ティラの剣のカーブは、彼の心のしたたかさを現わしていた。だから、粘り強く戦うことができる。ただそれは、狡猾さにもつながる。悪用すれば、残忍さをも生み出してしまう。

ティラは、怒り狂っている。カッカに……そしてそれに支配されたゼブリン2世に。それを見て、カッカが小躍りして喜ぶ。怒りは、悪の世界への入り口。ティラもまた、この悪魔のバードの術中に嵌《は》まりつつあった。

そのティラが、つづけて斬りかかってゆく。が、ゼブリン2世は、新たな剣を手にしていた。そう、このゲームは、ヒトの心の内が形になって現われる。心が折れないかぎり、何度でも剣を手にすることができる。

そうして、両者の凄まじい剣の応酬合戦がつづいていった。そのあまりにギリギリする緊張した光景に、もう観客たちはついてくることができない。ほとんどの観客とホログラムが、姿を消してゆく。

「(そうやって、自由ばかり唱えてれば楽でいい。いかにも、正義を行ってる風に見える。だが、世の中をまとめるのは、キレイごとじゃない。時に、統制することも必要なのだ！)」

ゼブリン2世が、心の波動で訴えかける。

「(それが、あんたの自由のナレの果てか？　ゼブリン1世が泣いてるぞ、、、)」

ティラも、思いを撃ち込む。

「(ふん。お前は、本当は荒くれ者だ。自由の反撃ではない。そう見せかけた、暴力だ)」

「(何とでも、言えっ)」


ティラの目に、あの銀河のオーロラに占領された、惑星シャーバの人々の姿が映った。飢えに苦しみ、病に倒れ、文字通り路頭に迷う様が。子供が道ばたに倒れ、女たちが娼婦に身を投じ、老人たちが捨て去られてゆく光景が……。

と、ティラが、その残忍な本性を現わす。何度も何度も、ゼブリン2世の剣を切り裂いてゆく。ゼブリンは、そのつど、新たな剣を復活させる。

その姿を見て、カッカがいよいよ踊り狂っている。そしてこの悪魔は、さらなる魔力を放ってきた。ホライズン一族の負のエネルギーだ。彼らの、統制へのあくなき欲望の力が、ティラに襲いかかる。そのパワーが、ゼブリン2世の剣に乗り移り逆襲をはじめた。


「う、ぐ、、、」

さすがのティラも、そのあまりに強靭で周到な力に閉口する。が、しかし、ティラの身の内から沸き出てくる奔流のような力は、その強襲をも凌いだ。彼の力は、並大抵ではない。ホライズン族全体の怨念のパワーをも押し返している。

《・・・・》

カッカが、それを目の当たりにし、笑いを止めた。そして、ゼブリン2世の最後の剣も刃が欠けはじめる。彼が息も絶え絶えになり、膝を突く。

すると、ゼブリン2世を覆っていたホライズン族の背後に、今度は真逆の者たちの姿が映った。

大きく美しい羽の生えた、天使たちの姿が……。

「!!」

それを見たティラが、自らの目を疑う。

が、しかし、彼は瞬時に理解した。それが……もう一つのホライズン一族の姿だということを。

古代マージナルから旅立った彼らには、二種類の者たちがいたのだ。悪魔だけでなく……天使たちも。彼らは、陰に日なたに、この銀河のために尽くし抜いてきたのだ。目立たぬように、決して驕《おご》らぬように。

彼らは、悪魔に隠されつづけてきた。だが、こうして悪魔が滅びゆくに及び、その姿をようやく現わすことができたのだ。

「・・・・」

と、ティラの手にしていた剣が、フッと消え去っていた。そして、彼は誇りに思った。自分に、この天使たちに通じる血が流れていることを。

さらに、確信できた。彼ら天使の血は、必ずや銀河のあまたの星々の民にも流れていると。そう、ゼブリン三兄弟にも流れていたのだ、と。

彼は、大宇宙に通用するモノを見つけた。それは、連綿と受け継がれた……〝真実の血の流れ〟だった。それはまぎれもない、〝自由の結晶〟に違いなかった。

ティラが、ゼブリン2世に歩み寄る。

「ボクはもう、剣を失ったので戦えない。キミの勝ちだ。天使たちを導き出したんだからな。でも、お陰で真実を知ることができた」

と、ゼブリン2世の顔も穏やかになってゆく。

「私も、自由（Freedom）という言葉を思い出した。父（ゼブリン1世）の意思を。礼を言う」

「……これからも、この銀河をよろしく頼むよ」
ティラが微笑み、去って行く。
《・・・・》
その二人の姿を目の当たりにし、カッカも姿を消してしまった。すると、偽Auも、この世から無くなった。そうしてまた、ゼブリン2世金貨が復活し、銀河は平穏を取り戻しはじめた。そしてそこから、ソンブレロ銀河の本当の黄金時代がはじまっていった。

エピローグ

舞台　惑星・マージナル

さて、その後のティラはというと……。

彼は、ようやく、生まれ故郷の惑星・マージナルに帰り着いていた。その隣には、リヤもいる。

二人は、ティラの故郷の小さな漁村に来ている。彼らは、小高い丘に登った。すると、果てしない大海原が鏡のように広がり、彼方の水平線（ホライズン）にまでつづいている。


「ココを出発した、遥か古の人々も、この水平線を見たのかな？」

ティラが陽の光に目を細めながら、ボソッと口にする。

「うん。そうじゃない。それで、ホライズン（水平線）って、自らを名乗った……」

「ああ」

ティラは、陽の光を吸い込むように照るリヤの髪をなでながら、その肩を抱いた。

「それにしても、ドン・ガやホライズンNex……。悪魔になっちまった連中にも、心の奥はピュアな奴らがいたんだな」

「そうよ。純粋だからこそ、一度信じたら突き進む。どんなに他人《ヒト》を苦しめようと」

「天使と悪魔は、紙一重ってコトか」

「ええ。アンタも気をつけてね」

「……ああ」

二人の間を潮風が吹き抜ける。リヤの髪がなびき、いよいよ光り輝いた。


「ねぇ、これから、どうする？」

彼女が、何の気なしに尋ねる。

「そうだな。ココ（マージナル）を、もっともっと凄い星にしたい。この周りの辺境の星々と、タッグを組んで」

彼が、少年に戻った風に目をきらきらさせる。

「いつの日か、ソブリンにも負けない星にしたい。それで、この銀河をけん引していきたい。

自由と、それから……この星の〝融合（Fusion）〟の力で！

「ふうん。ステキじゃない」

「うん」


と、リヤが、瞳を寄せてクルリとさせる。

「あのさぁ……あたしもホントは、ホライズンなのよ！」

「知ってたよ。大きな翼の生えた、天使のホライズンだ」

リヤが、照れる。

「あの、それってホメてる？」

「事実だろ」

「……んじゃ。あんたの夢、あたしも手伝ったげる。でもその前に、お腹すいた。アレ食べたい」

「アレ？」

「うん。あの、ニョロニョロのやつ。美味しかった」

「うなぎ？」

「ヘッヘ」

するとティラのバード（SI）が現われた。

《彼は自分では料理できない。だが、今日は特別に用意してある。家に戻れ》

二人が目を見合わせる。バードは、何でもお見通しだった。

完

〈著者紹介〉
十家雅英（とおや まさひで）
20代より政治家秘書として、世の中のさまざまな現場に立ち会う。また自らも、国政選挙に立候補した経歴をもつ。
現在は、実体験から理解した社会の複雑なしくみを、分かり易いファンタジーの形でつたえることに没頭中。

As Game（アズ・ゲーム）

2024年7月19日　第1刷発行

著　者　　十家雅英
発行人　　久保田貴幸

発行元　　株式会社 幻冬舎メディアコンサルティング
〒151-0051　東京都渋谷区千駄ヶ谷4-9-7
電話　03-5411-6440（編集）

発売元　　株式会社 幻冬舎
〒151-0051　東京都渋谷区千駄ヶ谷4-9-7
電話　03-5411-6222（営業）

印刷・製本　中央精版印刷株式会社
装　丁　　弓田和則

検印廃止

Printed in Japan
ISBN 978-4-344-69114-8 C0093
幻冬舎メディアコンサルティングＨＰ
https://www.gentosha-mc.com/